Amêndoas
아몬드

Won-pyung Sohn

Amêndoas
아몬드

Tradução de Yonghui Qio Pan

Rocco

Título original
ALMOND

Copyright © 2019 by Won-pyung Sohn

Todos os direitos reservados, incluindo o de reprodução
no todo ou em parte sob qualquer forma.

Edição brasileira traduzida a partir da edição americana, de Joosun Lee.

Primeira publicação na Coreia por Changbi Publishers, Inc.

Edição brasileira publicada mediante acordo a/c de
Barbara J Zitwer Agency KL Management e SalmaiaLit

Direitos para a língua portuguesa reservados
com exclusividade para o Brasil à
EDITORA ROCCO LTDA.
Rua Evaristo da Veiga, 65 – 11º andar
Passeio Corporate – Torre 1
20031-040 – Rio de Janeiro – RJ
Tel.: (21) 3525-2000 – Fax: (21) 3525-2001
rocco@rocco.com.br
www.rocco.com.br

Printed in Brazil/Impresso no Brasil

preparação de originais
CATARINA NOTAROBERTO

CIP-Brasil. Catalogação na publicação.
Sindicato Nacional dos Editores de Livros, RJ.

S665a

Sohn, Won-pyung
    Amêndoas / Won-pyung Sohn ; tradução Yonghui Qio Pan. – 1ª ed. – Rio de Janeiro : Rocco, 2023.

    Tradução de: Almond
    ISBN 978-65-5532-328-3
    ISBN 978-65-5595-178-3 (e-book)

    1. Ficção coreana – Coreia (Sul). I. Pan, Yonghui Qio. II. Título.

23-82156
    CDD: 895.73
    CDU: 82-3(519.5)

Meri Gleice Rodrigues de Souza – Bibliotecária – CRB-7/6439

O texto deste livro obedece às normas do
Acordo Ortográfico da Língua Portuguesa.

Notas

- Alexitimia, ou a incapacidade de identificar e expressar sentimentos, é uma doença mental descrita pela primeira vez em periódicos de medicina nos anos 1970. Suas causas conhecidas são: falta de desenvolvimento emocional durante a primeira infância, transtorno de estresse pós-traumático e amídalas menores que o padrão no nascimento. No último caso, medo é a emoção que essas partes do cérebro são menos capazes de identificar e expressar. Recentemente, entretanto, novos estudos têm sugerido que a capacidade das amídalas de processar medo e ansiedade pode ser melhorada por meio de treino. Esta história descreve a alexitimia baseada nesses estudos e na imaginação da autora.
- P.J. Nolan é um personagem fictício.

- O livro infantil mencionado na história é baseado em *The Littlest Dinosaurs* [Os menores dinossauros], de Bernard Most. Os tamanhos dos dinossauros podem variar, de acordo com diferentes estudos.

Para Dan

Prólogo

Eu tenho amêndoas em mim.
Assim como você.
Assim como quem você ama e quem odeia.
Mas ninguém consegue senti-las.
Você só sabe que elas existem.
Esta história é, em resumo, sobre um monstro
encontrando outro monstro. Um dos monstros sou eu.

Não vou lhe dizer se há um final feliz ou triste. Já que toda história se torna chata uma vez que o final é revelado, não contar deixará você mais envolvido nesta aqui. E sei que parece uma desculpa, mas nem você, nem eu, nem ninguém, consegue realmente saber quando uma história é feliz ou triste.

Parte um

Parte um

1

Seis foram mortos e um ficou ferido naquele dia. Primeiro, a Mamãe e a Vovó. Então, um universitário que correu para impedir o homem. E aí, dois homens de uns cinquenta anos que estavam na dianteira do desfile do Exército da Salvação, depois um policial. Finalmente, o homem em si. Ele decidira ser a última vítima de sua carnificina maníaca. Esfaqueou a si mesmo no peito com força e, como as outras vítimas, morreu antes de a ambulância chegar. Eu simplesmente assisti à coisa toda se desdobrar diante de mim.

Só fiquei parado ali, com o olhar vazio, como sempre.

2

O primeiro incidente aconteceu quando eu tinha seis anos. Os sintomas já estavam lá bem antes disso, mas foi naquela época que enfim vieram à tona. Naquele dia, minha mãe deve ter se esquecido de me buscar na pré-escola. Mais tarde, ela me disse que tinha ido visitar Papai, depois de todos aqueles anos, para dizer que finalmente o deixaria; não que ela fosse sair com outra pessoa ou coisa parecida, mas seguiria em frente mesmo assim. Aparentemente, ela disse tudo aquilo enquanto esfregava as paredes desbotadas do mausoléu dele. Enquanto seu amor chegava ao fim de uma vez por todas, eu, o convidado indesejado daquela paixão jovem, estava sendo esquecido.

Depois que todas as crianças foram embora, deixei o jardim de infância por conta própria. Tudo que o meu eu de seis anos conseguia se lembrar de casa era que ficava em algum lugar sobre uma ponte. Fui até a passarela e fiquei parado com a cabeça pendurada por cima do guarda-corpo. Observei os carros passando debaixo de mim. Aquilo me lembrava de algo que eu havia visto em algum lugar, então juntei o máximo de saliva que consegui. Mirei em um carro e cuspi. Meu cuspe evaporou bem antes de atingir o carro, mas mantive os olhos na estrada e continuei cuspindo até me sentir zonzo.

— O que você está fazendo? Isso é nojento!

Ergui os olhos e vi uma mulher de meia-idade me encarando feio, então ela só seguiu seu caminho, passando por mim como os carros lá embaixo, e fui deixado sozinho de novo. As escadas da passarela se abriam em todas as direções. Perdi o rumo. O mundo que via debaixo delas era todo do mesmo tom de cinza gélido, para a esquerda e para a direita. Alguns pombos voaram acima de mim. Eu decidi segui-los.

Quando percebi que estava no caminho errado, já tinha ido longe demais. Na pré-escola, eu estava aprendendo uma canção chamada "Vá marchando". *A Terra é redonda, vá, vá marchando em frente*, e, assim como a letra, pensei que, de alguma forma, eu chegaria em casa se só continuasse *marchando em frente*. Teimosamente, continuei dando meus pequenos passos.

A estrada principal levava a um beco estreito, ladeado por casas antigas com paredes desmoronando, todas marcadas com números aleatórios e a palavra "desocupado" em tinta vermelha. Não havia ninguém à vista. De repente, eu ouvi uma exclamação, *Ah*, em voz baixa. Não sei bem se era *Ah* ou *Uh*. Talvez fosse *Argh*. Foi um brado baixo e curto. Caminhei em direção ao som, e ele ficou mais alto conforme eu me aproximava, e o som mudou para *Urgh* e *Eeeh*. Eu virei a esquina sem hesitação.

Um garoto estava caído no chão. Um garoto pequeno, cuja idade eu não conseguia supor, mas sombras pretas o cobriam, ora sim, ora não, repetidamente. Ele estava sendo espancado. Os gritos curtos não eram dele, vinham das sombras que o cercavam, parecendo mais gemidos de esforço. Elas o chutavam e cuspiam nele. Depois, descobri que eram só adolescentes, pouco mais velhos que o garoto, mas, naquele momento, as sombras pareciam altas e enormes como adultos.

O garoto não resistia nem fazia qualquer barulho, como se tivesse se acostumado com a surra. Ele era jogado de um lado para outro como uma boneca de pano. Uma das sombras meteu o cotovelo nas costelas dele como um golpe final. Então foram embora. O garoto estava coberto de sangue, como uma camada de tinta vermelha. Eu me aproximei. Ele parecia mais velho do que eu, uns nove ou dez anos, quase o dobro da minha idade. Mas eu ainda sentia que ele era mais novo. Seu peito subia e descia rapidamente, a respiração curta e rápida, como a de um filhote de cachorro recém-nascido. Era óbvio que ele estava em perigo.

Voltei para o beco. Ainda estava vazio — só as letras vermelhas nas paredes cinza perturbavam os meus olhos.

Depois de vagar por um bom tempo, finalmente encontrei uma lojinha de esquina. Abri a porta de correr e entrei.

— Com licença.

O programa *Jogo de família* passava na televisão. O lojista estava dando tantas risadinhas assistindo que não deve ter me ouvido. Os convidados do programa estavam jogando um jogo em que uma pessoa usando tapa-ouvidos tinha que adivinhar as palavras que os outros falavam fazendo leitura labial. A palavra era trepidação. Não faço ideia de por que ainda me lembro disso. Naquela época, eu nem sabia o significava. Uma das mulheres não parava de dar palpites errados e arrancar risadas da plateia e do lojista. Finalmente, o tempo acabou, e o time dela perdeu. O lojista estalou a língua, talvez porque se sentisse mal por ela.

— Senhor — chamei-o novamente.

— Sim? — Ele finalmente se virou.

— Tem um garoto caído no beco.

— Sério? — disse ele, de maneira indiferente, e se sentou.

Na televisão, os times estavam prestes a começar outra partida de um jogo de alta pontuação que poderia virar o placar.

— Talvez ele morra — falei, remexendo em um doce de caramelo no mostruário.

— É mesmo?

— É.

Foi só aí que ele finalmente me olhou nos olhos.

— Onde foi que você aprendeu a falar essas coisas tão medonhas? Mentir é feio, rapazinho.

Fiquei em silêncio por um tempo, tentando encontrar as palavras para convencê-lo. Mas eu era jovem demais para ter muito vocabulário e não conseguia pensar em nada que fosse mais verdadeiro do que o que eu já dissera.

— Talvez ele morra logo.

Tudo que eu conseguia fazer era me repetir.

3

Eu esperei que o programa terminasse enquanto o lojista chamava a polícia. Quando ele me viu mexendo no caramelo de novo, esbravejou, me mandando ir embora se não ia comprar nada. A polícia não teve pressa para chegar — mas tudo que eu conseguia pensar era no garoto deitado no chão frio. Ele já estava morto.

A questão é: ele era o filho do lojista.

Eu fiquei sentado em um banco na delegacia, balançando as pernas. Elas iam para a frente e para trás, levantando uma brisa fria. Já estava escuro, e eu estava com sono. Assim que estava prestes a cochilar, a porta da delegacia se abriu e minha mãe apareceu. Ela soltou um grito quando me viu e apertou minha cabeça com tanta força que doeu. Antes que ela pudesse aproveitar completamente o momento do nosso reencontro, a porta se abriu mais uma vez e de lá veio o lojista, carregado por policiais. Ele urrava, o rosto coberto de lágrimas. Sua expressão era bem diferente de quando estava assistindo à TV mais cedo. Ele caiu de joelhos, tremendo, e socou o chão. De repente, ficou de pé com um pulo e gritou, apontando o dedo para mim. Eu não conseguia entender muito bem a fala enrolada dele, mas o que entendi foi algo parecido com:

— Os policiais teriam aparecido a tempo se você tivesse falado sério!

O policial ao meu lado deu de ombros.

— Como um aluno do jardim de infância ia saber? — questionou, e conseguiu impedir que o lojista desabasse no chão.

Mas eu não concordava. Eu havia falado muito sério o tempo todo. Em nenhum momento sorri ou exagerei. Não conseguia entender por que ele estava me dando uma bronca por causa daquilo, mas, aos seis anos, não conhecia as palavras necessárias para formular essa pergunta em uma frase completa, então só fiquei em silêncio. Em vez disso, Mamãe levantou a voz, tornando a delegacia um hospício com o alvoroço de um pai que perdera o filho e de uma mãe que encontrara o dela.

Naquela noite, fiquei brincando com meus blocos, como sempre. Eles tinham o formato de uma girafa e podiam se transformar em um elefante se eu torcesse seu longo pescoço para baixo. Senti minha mãe me encarando, seus olhos percorrendo todas as partes de meu corpo.

— Você ficou com medo? — perguntou ela.

— Não — respondi.

Boatos sobre o incidente — especificamente, como eu não havia sequer hesitado diante da imagem de alguém sendo espancado até a morte — se espalharam depressa. A partir de então, os medos de Mamãe se tornaram realidade, um após o outro.

As coisas pioraram depois que eu entrei no ensino fundamental. Um dia, no caminho para casa, uma garota andando na minha frente tropeçou em uma pedra. Ela estava bloqueando o caminho, então parei e examinei o arco de cabelo do Mickey Mouse que ela usava enquanto esperava que se levantasse. Mas ela só ficou ali sentada, chorando. Finalmente, a mãe dela apareceu e a ajudou a se levantar. A mulher me olhou, estalando a língua.

— Você vê sua amiga cair e nem pergunta se ela está bem? Então os boatos são verdade, *tem mesmo* algo errado com você.

Eu não consegui pensar em nada para dizer, então fiquei em silêncio. As outras crianças sentiram que algo estava acontecendo e se reuniram à minha volta, seus sussurros pinicando meus ouvidos. Deviam estar repetindo o que a mãe da garota disse, imagino. Foi aí que a Vovó chegou para me salvar, aparecendo do nada como a Mulher-Maravilha, me protegendo.

— Olha a boca! — esbravejou ela com sua voz rouca. — Ela só teve o azar de tropeçar. Quem você pensa que é para culpar o meu menino?

Vovó também não se esqueceu de dar uma palavrinha com as crianças.

— Estão olhando o que, seus pestinhas?

Quando nos afastamos, vi que ela tinha os lábios bem apertados.

— Vovó, por que as pessoas me chamam de esquisito?

Seus lábios relaxaram.

— Talvez seja porque você é especial. As pessoas não suportam quando alguma coisa é diferente, *aigu*, meu monstrinho adorável.

Ela me abraçou tão apertado que minhas costelas doeram. Minha avó sempre me chamava de monstro. Para ela, não era uma coisa ruim.

4

Para ser sincero, levou um tempo para que eu entendesse o apelido que a minha avó havia me dado com tanta afeição. Nos livros, monstros não eram adoráveis. Na realidade, monstros eram bem diferentes de qualquer coisa adorável. Eu me perguntava por que ela me chamava assim. Mesmo depois que aprendi o termo "paradoxo" — que significava juntar ideias contraditórias —, fiquei confuso. A ênfase recaía em "adorável" ou em "monstro"? De qualquer forma, ela disse que me chamava assim por amor, então decidi confiar nela.

Lágrimas brotavam nos olhos da minha mãe conforme Vovó contava sobre a menina do Mickey Mouse.

— Eu sabia que esse dia chegaria... só não esperava que fosse tão cedo...

— Ah, deixe de palhaçada! Se quiser choramingar, faça isso no seu quarto e deixe a porta fechada!

Aquilo parou com o choro de Mamãe por um momento. Ela olhou de relance para a minha avó, um pouco surpresa pelo seu acesso de raiva repentino. Então começou a chorar ainda mais forte. Vovó estalou a língua e balançou a cabeça, os olhos descansando em um canto do teto, soltando um suspiro profundo. Aquilo acontecia muito entre elas.

Era verdade, minha mãe andava preocupada comigo havia um bom tempo. Isso porque sempre fui diferente das outras crianças — diferente desde o nascimento, inclusive, porque:

Eu não sorria.

Inicialmente, ela pensou que eu fosse apenas lento no meu desenvolvimento. Mas livros sobre cuidado parental lhe disseram que um bebê começa a sorrir três dias depois de nascer. Ela contou os dias — já haviam se passado quase cem.

Como uma princesa de conto de fadas amaldiçoada a não sorrir, eu não vacilei. E, como um príncipe de alguma terra longínqua tentando conquistar o coração de sua amada, Mamãe tentou de tudo. Tentou bater palmas, comprou chocalhos coloridos e até fez dancinhas bobas ao som de músicas infantis. Quando se cansava, ia até a varanda e fumava, um hábito que tivera dificuldade para largar, depois de descobrir que estava grávida de mim. Uma vez assisti a um vídeo que Vovó filmou naquela época, no qual Mamãe estava se esforçando muito, e eu só ficava encarando-a. Meus olhos eram profundos e calmos demais para os de uma criança. Mamãe não conseguia fazer com que eu sorrisse, não importava o que fizesse.

O médico disse que eu não tinha nenhum problema em particular. Tirando a falta de sorrisos, os resultados dos testes mostravam que a minha altura, o meu peso e o meu desenvolvimento comportamental eram todos normais para a minha idade. O pediatra do nosso bairro fez pouco caso das preocupações da minha mãe, dizendo que não se transtornasse, porque seu bebê estava crescendo muito bem. Por um tempo depois disso, Mamãe tentou se consolar, dizendo que eu era só um pouco mais quieto do que as outras crianças.

Então, algo aconteceu perto do meu primeiro aniversário, o que provou que ela estivera certa em se preocupar.

Naquele dia, Mamãe havia colocado um bule vermelho cheio de água quente na mesa. Ela virou de costas para misturar o leite em pó. Eu estendi a mão para o bule e ele caiu da mesa, despencando no chão, espirrando água quente para todo lado. Ainda tenho uma leve marca de queimadura, como uma medalha daquele dia. Eu gritei e chorei. Mamãe pensou que eu ficaria com medo de água ou de bules vermelhos a partir daquele momento, como uma criança normal faria. Mas não fiquei. Não tinha medo de água nem de bules. Continuei estendendo a mão para o bule vermelho toda vez que o via, quer ele tivesse água gelada ou quente.

As evidências continuavam se acumulando. Havia um velho de um olho só que vivia no andar debaixo do nosso, com um cachorro grande e preto, que ele mantinha preso ao poste no pátio. Eu encarei fundo e sem medo a pupila branco-leitosa do velho e, quando Mamãe me perdeu de vista por um momento, estendi a mão para tocar no cachorro, que arreganhou os dentes e rosnou. Mesmo depois de ver a criança da casa ao lado, mordida e sangrando por ter feito exatamente isso, fiz o mesmo. Minha mãe tinha que intervir o tempo todo.

Depois de vários incidentes como esse, Mamãe começou a se preocupar que eu pudesse ter um QI baixo, mas não havia nenhuma outra prova daquilo. Então, como qualquer mãe, ela tentou encontrar uma forma de ver suas inseguranças em relação ao filho de maneira positiva.

Ele é só um pouco mais destemido do que as outras crianças.

Foi assim que me descreveu em seu diário.

Mesmo assim, a ansiedade de qualquer mãe saltaria se seu filho não sorrisse até seu quarto aniversário. Mamãe segurou minha mão e me levou a um hospital maior. Aquele dia é a primeira memória que tenho gravada no meu cérebro. É embaçada, como se vista debaixo d'água, mas ganha foco de vez em quando, assim:

Um homem em um jaleco branco de laboratório senta-se à minha frente. Radiante, ele começa a me mostrar diferentes brinquedos, um de cada vez. Alguns, ele balança. Então, ele bate no meu joelho com um martelinho. Minha perna chuta mais alto do que achei que fosse possível. Aí, ele coloca seus dedos debaixo de minhas axilas. Faz cócegas, e eu rio um pouco. Depois, ele me mostra fotos e me faz algumas perguntas. Ainda me lembro nitidamente de uma das fotos.

— O menino nesta foto está chorando porque a mãe dele se foi. Como ele deve estar se sentindo?

Não sabendo a resposta, ergo os olhos para Mamãe, sentada ao meu lado. Ela sorri para mim e afaga meu cabelo, mas morde discretamente o lábio inferior.

Alguns dias mais tarde, Mamãe me leva a outro lugar, dizendo que vou poder dirigir uma espaçonave, mas acabamos em outro hospital. Eu pergunto por que ela está me levando ali quando nem estou doente, mas ela não responde.

Lá dentro, mandam eu me deitar em algo frio. Sou sugado para dentro de um tanque branco. *Bip bip bip.* Ouço sons estranhos. Foi assim a minha viagem para o espaço. Acabou sendo chata.

Aí, a cena muda. De repente, vejo muitos outros homens de jaleco branco. O mais velho entre eles me dá uma foto em preto e branco embaçada, dizendo que é a parte de dentro da minha cabeça. Que mentiroso. É claro que não é a minha cabeça. Mas minha mãe continua assentindo, como se acreditasse em uma mentira tão óbvia. Toda vez que o cara velho abre a boca, os mais novos em volta fazem anotações. Enfim, começo a ficar meio entediado e remexo meu pé, chutando a mesa do velho. Quando Mamãe coloca a mão em meu ombro para me fazer parar, ergo os olhos e vejo que ela está chorando.

Tudo de que consigo me lembrar sobre o resto daquele dia é do choro de Mamãe. Ela chora e chora e chora. Ainda está chorando quando voltamos para a sala de espera. Está passando um desenho animado na televisão, mas não consigo me concentrar por causa dela. O defensor do universo está combatendo o cara malvado, mas tudo que ela faz é chorar. Finalmente, um velho cochilando ao meu lado acorda e berra para ela: "Pare de bancar a infeliz, sua mulher barulhenta, não aguento mais!" Funciona. Mamãe torce os lábios como uma adolescente que levou bronca, tremendo em silêncio.

5

Mamãe me dava muitas amêndoas para comer. Experimentei amêndoas dos Estados Unidos, Austrália, China e Rússia. De todos os países que as exportam para a Coreia. As chinesas tinham um gosto amargo ruim, e as australianas, meio azedo e terroso. Tem as coreanas também, mas as minhas favoritas são as americanas, especialmente as da Califórnia. Elas têm uma suave cor marrom por absorver a luz do sol escaldante de lá.

Tenho meu próprio jeito especial de comê-las.

Primeiro, você segura o pacote e sente o formato das amêndoas pela parte de fora. Você precisa sentir os grãos duros e resistentes com os dedos. Depois, você rasga a parte de cima do pacote lentamente e abre o lacre abre-e-fecha. Aí, você enfia o nariz dentro do pacote e inspira aos poucos. Precisa fechar os olhos nessa parte. Você vai devagar, prendendo a respiração de vez em quando, para permitir, pelo máximo de tempo possível, que o cheiro chegue ao seu corpo. Finalmente, quando o aroma te preenche bem lá dentro, você bota meio punhado delas na boca. Role-as ali por um tempo, sentindo a textura, cutucando as partes pontudas com a língua e examinando os sulcos em suas superfícies. Você precisa ter cuidado para não demorar demais, porque as amêndoas vão ficar com um gosto ruim se incharem por causa de sua saliva. Esses passos são todos só um aquecimento para o final. Se for muito curto, será sem graça. Muito longo, e o impacto se esvairá. Você tem que achar o tempo certo por conta própria. Tem que imaginar as amêndoas crescendo — do tamanho de uma unha para o de uma uva, um kiwi, uma laranja, e aí uma pequena melancia. Finalmente, o tamanho de uma bola de rúgbi. Esse é o momento. *Crec*, você as morde. Se feito da maneira certa, sentirá o gosto da luz do sol lá da Califórnia invadindo sua boca.

    O motivo pelo qual eu me dou ao trabalho de passar por esse ritual não é nem por gostar de amêndoas. É porque, em todas as refeições do dia, havia amêndoas na mesa. Não tinha jeito de se livrar delas. Então, arranjei um jeito de comê-las. Mamãe pensou que, se eu comesse um monte delas, as amêndoas dentro da minha cabeça ficariam maiores. Era uma das poucas crenças a qual ela se apegava.

    Veja só, todo mundo tem duas amêndoas dentro da cabeça, presas bem firme em algum lugar entre a parte de trás das orelhas e do crânio. Na realidade, elas são chamadas de "amídalas", um termo derivado da palavra em latim para amêndoa, porque têm o tamanho e o formato exato de uma.

Quando se é estimulado por algo fora de seu corpo, essas amêndoas enviam sinais para seu cérebro. Dependendo do tipo de estímulo, você sentirá medo ou raiva, alegria ou tristeza.

Mas, por algum motivo, minhas amêndoas não parecem funcionar direito. Não se iluminam quando estimuladas. Então não sei por que as pessoas riem ou choram. Alegria, tristeza, amor, medo — todas essas coisas são ideias vagas para mim. As palavras "emoção" e "empatia" são apenas letras sem sentido impressas em papel.

6

Os médicos me diagnosticaram com alexitimia, ou a incapacidade de expressar sentimentos. Concluíram que eu era jovem demais, meus sintomas eram diferentes de síndrome de Asperger, e meus outros desenvolvimentos não apresentavam sinais de autismo. Não é bem que eu fosse incapaz de expressar sentimentos, mas que eu era incapaz de identificá-los em primeiro lugar. Eu não tinha problema em formular frases ou entendê-las, como as pessoas que haviam machucado as áreas de Broca ou Wernicke no cérebro, que lidavam com as funções primárias de fala. Mas não conseguia sentir emoções, não conseguia identificar os sentimentos de outras pessoas e ficava confuso em relação aos nomes das emoções. Todos os médicos disseram que era porque as amêndoas dentro da minha cabeça, as amídalas, eram excepcionalmente pequenas, e o contato entre o sistema límbico e o lobo frontal não funcionava tão bem quanto deveria.

Um dos sintomas de ter amídalas pequenas é que você não sabe qual é a sensação de medo. As pessoas às vezes dizem que seria legal ser destemido, mas elas não sabem do que estão falando. O medo é um mecanismo de defesa instintivo necessário para a sobrevivência. Não saber o que é o medo não quer dizer que você é corajoso; quer dizer que você é estúpido o suficiente para ficar parado na rua quando vem um carro correndo em sua direção. Eu era ainda mais azarado. Além da falta de medo, todas as minhas funções emocionais eram limitadas. O único lado bom, os médicos disseram, era que minha inteligência não fora afetada, apesar de ter amídalas tão pequenas.

Eles aconselharam que, já que todo mundo tem cérebros diferentes, nós deveríamos observar o desenrolar das coisas. Alguns fizeram ofertas bem tentadoras, dizendo que eu poderia ter um papel importante na descoberta dos mistérios do cérebro. Pesquisadores em hospitais universitários propuseram projetos de pesquisa longitudinal acerca do meu crescimento, a serem relatados em periódicos de medicina. Haveria compensações generosas pela participação e, dependendo dos resultados da pesquisa, uma área do cérebro poderia até ser nomeada em minha homenagem, como a área de Broca ou de Wernicke. A área de Seon Yunjae. Mas os médicos se depararam com uma firme resposta negativa de Mamãe, que já estava farta deles.

Para começo de conversa, minha mãe sabia que Broca e Wernicke tinham sido cientistas, não pacientes. Lera todo tipo de livros sobre o cérebro em suas visitas frequentes à biblioteca local. Também não gostava que os médicos me enxergassem como um espécime interessante em vez de um ser humano. Havia perdido logo a esperança de que os médicos me curariam. *Tudo que eles fariam seria submetê-lo a experimentos esquisitos ou dar-lhe medicamentos não testados, observar as reações e se gabar de suas descobertas em uma conferência*, ela escreveu em seu diário. E assim, Mamãe, como muitas outras mães coruja, fez uma declaração tão duvidosa quanto clichê.

— Eu sei o que é melhor para o meu filho.

No meu último dia no hospital, Mamãe cuspiu em um arbusto de flores na frente do prédio e disse:

— Aqueles charlatões nem ao menos sabem o que têm nos malditos de seus próprios cérebros.

Às vezes, ela tinha muita atitude.

7

Mamãe culpava o estresse durante a gravidez, ou os poucos cigarros que fumara em segredo, ou os goles de cerveja a que não conseguira resistir no último mês antes de dar à luz, mas era óbvio para mim por que meu cérebro era um desastre. Eu só era azarado. A sorte tem um papel enorme em toda a injustiça do mundo. Bem mais do que se imagina.

Do jeito que as coisas eram, minha mãe talvez tenha esperado que eu tivesse pelo menos uma memória tão grande quanto a de um computador, como nos filmes, ou um talento artístico extraordinário em meus desenhos — alguma coisa que compensasse minha falta de emoções. Se fosse assim, eu poderia ter aparecido na TV, e vendido minhas pinturas desleixadas por mais de dez milhões de wons. Infelizmente, eu não era nenhum gênio.

Depois do Incidente do Arco de Cabelo do Mickey Mouse, Mamãe começou a me "educar" para valer. Além da tragédia e do azar, o fato de eu não sentir muita coisa basicamente implicava em sérios perigos adiante.

Não importa o quanto as pessoas me repreendessem com seus olhares irritadiços, não funcionava. Gritar, berrar, levantar as sobrancelhas... eu não conseguia entender que todas essas coisas queriam dizer algo específico, que havia um significado por trás de cada ação. Eu só levava as coisas no sentido literal.

Mamãe escreveu algumas frases em papel colorido e as grudou em um pedaço maior de papel:

Quando os carros se aproximarem demais de você → Desvie ou corra.

Quando as pessoas se aproximarem demais de você → Saia do caminho para que você não esbarre nelas.

Quando os outros sorrirem → Sorria de volta.

Na parte debaixo, dizia:

Observação: Para expressões, tente copiar a expressão que a outra pessoa fizer.

Era um pouco demais para o meu eu de seis anos entender. Os exemplos no cartaz ficaram cada vez mais longos. Enquanto as outras crianças memorizavam tabelas de multiplicação, eu estava memorizando esses exemplos como se fosse a cronologia das antigas dinastias coreanas. Tentava ligar cada item à reação apropriada correspondente. Mamãe me testava com frequência. Memorizei cada regra "instintiva" que outras crianças não tinham problema em aprender. Vovó estalava a língua, dizendo que esse tipo de estudo intensivo não tinha sentido, mas, ainda assim, ela cortava as formas de seta para colar no papel. As setas eram trabalho dela.

8

Ao longo dos anos seguintes, minha cabeça cresceu, mas minhas amêndoas continuaram as mesmas. Quanto mais complexas as minhas relações ficavam, mais eu me deparava com variações que não haviam sido abordadas pelas equações de Mamãe, e, quanto mais isso acontecia, mais eu me tornava um alvo. Logo no primeiro dia do novo ano escolar, já fui tachado de esquisito. Eu era chamado para o pátio e ridicularizado na frente de todo mundo. As crianças sempre me faziam perguntas estranhas, e eu respondia de maneira direta, sem saber como mentir ou o porquê de elas rirem tanto. Sem querer, eu enfiava uma faca no coração de Mamãe todos os dias.

Mas ela nunca desistia.

— Não chame atenção. Isso é tudo que você precisa fazer.

O que significava que eu não podia deixar que descobrissem que eu era diferente. Se deixasse, chamaria atenção, o que me tornaria um alvo. Mas aprender regras tão básicas quanto "afaste-se-quando-um-carro-se-aproximar" não era mais o suficiente. Era hora de dominar habilidades de atuação excepcionais para esconder minha anomalia. Minha mãe era como uma dramaturga e nunca se cansava de usar sua imaginação para inventar cenários diferentes. Agora, eu precisava identificar os verdadeiros significados por trás das palavras, assim como memorizar as respostas apropriadas e intenções corretas por trás delas.

Por exemplo, quando as crianças me mostravam seus novos materiais escolares ou brinquedos, e explicavam o que eram, Mamãe dizia que o que elas realmente estavam fazendo era "se gabar".

Segundo ela, a resposta correta era "Isso é incrível", o que sugeria "inveja".

Quando alguém dizia coisas positivas, como que eu era bonito ou que tinha feito um bom trabalho (é claro, eu tinha que memorizar separadamente o que eram frases "positivas"), eu deveria responder: "Obrigado" ou "Não foi nada".

Mamãe dizia que "Obrigado" era a resposta sensata e "Não foi nada" era mais descontraído, o que poderia me fazer parecer bem mais descolado. É claro, sempre escolhi as respostas mais simples.

9

Por causa de sua caligrafia ruim, Mamãe imprimiu cada *hanja* para felicidade, raiva, tristeza, alegria, amor, ódio e desejo da internet em papel tamanho A4, um enorme caractere por vez, enquanto minha avó estalava a língua. Vovó a repreendeu, dizendo que tudo deveria ser feito com esforço e cuidado. Então, traçou aquelas letras enormes como se estivesse desenhando, embora não conseguisse ler nada de *hanja*. Mamãe pegou as letras e as pendurou por toda a casa, como crenças ou talismãs familiares.

Toda a vez que eu colocava os sapatos, o caractere de felicidade sorria para mim por cima da sapateira, e sempre que abria a geladeira, tinha que ver o caractere "amor". Na hora de dormir, "alegria" me olhava da cabeceira da cama. As palavras eram aleatoriamente espalhadas pela casa, mas minha mãe, de maneira supersticiosa, garantia que os caracteres negativos, como os para raiva, tristeza e ódio, fossem todos grudados nas paredes do banheiro. Com o passar do tempo e devido à umidade do banheiro, o papel enrugava e as letras negativas se apagavam, então Vovó as reescrevia de vez em quando. No final, ela os aprendeu de cor e conseguia escrevê-los em uma caligrafia elegante.

Mamãe também criou um jogo de emoções humanas em que ela sugeria uma situação e eu precisava adivinhar qual seria a emoção relacionada. Era mais ou menos assim: *Quais são as emoções corretas quando alguém te dá comida gostosa?* As respostas eram "felicidade" e "gratidão". *O que você deve sentir quando alguém te machuca?* A resposta era "raiva".

Uma vez, perguntei para Mamãe o que deveria sentir quando alguém me desse comida ruim. Lembrei a vez em que ela havia criticado um restaurante por uma péssima refeição. A pergunta pegou-a de surpresa. Ela quebrou a cabeça por um bom tempo e respondeu que, num primeiro momento, eu poderia sentir "raiva" (lembrei a vez em que ela criticou um restaurante pelo gosto péssimo). Mas ela disse que, dependendo da pessoa que me deu a comida, eu poderia sentir "felicidade" ou "gratidão" (lembrei, então, como Vovó às vezes dava bronca nela para que fosse grata por ao menos ter o que comer).

Quando minha idade atingiu dois dígitos, houve mais vezes em que Mamãe precisou de mais tempo para me dizer como eu deveria reagir ou em que suas respostas foram vagas. Como se para dar fim a qualquer pergunta adicional, ela me disse para focar em memorizar os conceitos básicos das principais emoções.

— Você não precisa entrar em detalhes, só dominar o básico. Pelo menos isso fará com que pareça uma "pessoa normal", mesmo que frio.

Para ser sincero, eu não poderia me importar menos. Nem sequer conseguia entender as diferenças sutis de nuance das palavras. Não me interessava se eu era normal ou não.

10

Graças aos esforços persistentes da minha mãe e ao meu treinamento diário obrigatório, aos poucos aprendi a me dar bem na escola sem muitos problemas. Na quarta série, já havia conseguido me misturar, tornando os sonhos de Mamãe realidade. Na maior parte do tempo, bastava ficar em silêncio. Eu descobri que, se ficasse em silêncio quando esperavam que eu sentisse raiva, eu parecia paciente. Se ficasse em silêncio quando esperavam que eu risse, eu parecia mais sério. E, se ficasse em silêncio quando esperavam que eu chorasse, eu parecia mais forte. Silêncio definitivamente valia ouro. Eu ainda tinha o hábito de dizer "Obrigado" e "Me desculpa". Essas eram as palavras mágicas que me ajudavam a escapar da maioria das situações complicadas. Aquela era a parte fácil. Tão fácil quanto receber mil wons e devolver algumas centenas de troco.

A parte difícil era quando eu tinha que dar mil wons para alguém primeiro. Em outras palavras, expressar o que eu queria e do que gostava. Era difícil porque, para isso, eu precisava de energia extra. Era como pagar primeiro quando não havia nada que eu quisesse comprar e não fizesse ideia de quanto tudo custava. Era tão desanimador quanto tentar fazer ondas grandes em um lago sereno.

Por exemplo, se acontecesse de olhar para um alfajor que eu, na verdade, não queria, tinha que me forçar a dizer "Isso parece bom". E aí perguntar "Posso comer um?" com um sorriso. Ou, se alguém esbarrasse em mim ou quebrasse uma promessa, eu tinha que disparar "Como você pôde fazer isso comigo?", depois chorar e cerrar os punhos.

Essas tarefas me eram mais difíceis. Preferia não me envolver com elas de jeito nenhum, mas se parecesse calmo demais, como um lago sereno, Mamãe dizia que eu poderia ser tachado de esquisitão. Ela disse que eu precisava fingir essas emoções de vez em quando.

— As pessoas são um produto de sua educação, afinal de contas. Você consegue.

Mamãe dizia que tudo era para o meu bem e chamava aquilo de *amor*. Mas, para mim, parecia mais que estávamos fazendo isso por conta de sua própria ânsia por não ter um filho diferente. Amor, de acordo com as ações dela, consistia apenas em implicar com qualquer coisinha, com seus olhos chorões, a respeito de como eu deveria agir *assim e assado, nesta e naquela situação*. Se isso era amor, eu preferiria não dar nem receber. Mas, é claro, não disse isso em voz alta, graças a um dos códigos de conduta da minha mãe — *sinceridade demais machuca os outros* —, que memorizei repetidamente para fixar no meu cérebro.

11

Vovó costumava dizer que eu estava mais "na frequência" dela do que na da minha mãe. Na verdade, minha mãe e minha avó não compartilhavam qualquer semelhança, fosse de corpo ou de personalidade. Nem ao menos gostavam das mesmas coisas — a não ser pelo fato de que ambas amavam bala de ameixa.

Vovó dizia que, quando a minha mãe era pequena, a primeira coisa que roubou de uma loja foi uma bala de ameixa. Logo depois que Vovó disse "a primeira", Mamãe prontamente gritou: "E a última!"

— Ainda bem que ela não foi além de roubar doce — riu-se Vovó.

Elas tinham um motivo estranho para amar bala de ameixa. *Porque é doce e tem gosto de sangue ao mesmo tempo.* A bala era branca, com um brilho misterioso e uma listra vermelha na superfície. Rolá-la na boca era uma das pequenas alegrias preciosas delas. A listra vermelha cortava suas línguas conforme derretia primeiro.

— Sei que soa estranho, mas o gosto salgado de sangue na verdade combina muito bem com a doçura — dizia Vovó, com um saco de bala de ameixa nos braços, enquanto minha mãe procurava pomada.

É engraçado, mas eu nunca me entediava com nada que minha avó dizia, não importava quantas vezes a ouvisse falar.

Vovó apareceu na minha vida do nada. Antes de a minha mãe se cansar da vida solitária e pedir ajuda, elas não se falavam havia quase sete anos. O único motivo para terem cortado laços foi alguém que não fazia parte da família, que mais tarde se tornou meu pai.

Vovó perdeu Vovô para o câncer quando estava grávida. A partir de então, ela dedicou toda a vida a garantir que a filha não fosse incomodada por ser uma criança sem pai. Ela basicamente se sacrificou pela minha mãe. Por sorte, Mamãe — embora não fosse excepcional — se saía muito bem na escola e entrou para uma das melhores universidades femininas em Seul. Todos aqueles anos, Vovó trabalhara duro para criar sua querida filha, só para que ela se apaixonasse por um marginal (era assim que ela chamava meu pai) que vendia acessórios em uma barraquinha de rua na frente da faculdade dela. O marginal declarou amor eterno à minha mãe, colocando um anel (bem possivelmente de sua barraquinha de acessórios baratos) em seu dedo. Minha avó jurou que o casamento só aconteceria por cima de seu cadáver, ao que sua filha retrucou que amor não precisava da aprovação de ninguém. Ela levou um tapa na cara como consequência disso.

— Se você desaprova tanto assim, eu vou é ficar grávida logo! — ameaçara minha mãe. Exatamente um mês depois, ela fez jus àquela ameaça.

— Se você tiver o bebê, não vai me ver nunca mais.

Vovó deu-lhe um ultimato, e minha mãe saiu de casa, tornando-o real. Foi assim que elas cortaram laços, ou era o que imaginavam.

Nunca vi Papai em pessoa. Só em fotos, algumas vezes. Quando eu ainda estava na barriga da minha mãe, um motoqueiro bêbado bateu na barraquinha de acessórios dele. Papai morreu na hora, deixando para trás seus acessórios baratos e coloridos. Tornou-se ainda mais difícil para minha mãe pedir ajuda para a mãe dela. Depois de sair de casa por amor, não queria voltar trazendo todo seu azar. Então, sete anos se passaram. Durante aqueles anos, ela resistiu até a beira de um colapso mental, quando finalmente percebeu que não conseguia mais aguentar — me aguentar — sozinha.

12

Vovó e eu nos encontramos pela primeira vez em um McDonald's. Foi um dia estranho. Mamãe pediu duas promoções de hambúrguer, algo que raramente comprava, mas não tocou em nada. Seu olhar estava fixo na porta, e, toda vez que alguém entrava, ela se encolhia e seus olhos se arregalavam. Quando, mais tarde, perguntei-lhe o que fora aquilo, ela disse que era uma das maneiras que o corpo reagia quando você estava, ao mesmo tempo, amedrontado e aliviado.

Minha mãe cansou de esperar e havia finalmente se levantado para ir embora quando a porta se abriu e o vento soprou forte para dentro. Ergui o olhar e me deparei com uma mulher grande, de ombros largos. Em seu cabelo grisalho havia um chapéu roxo com uma pena. Ela parecia o Robin Hood de um daqueles livros infantis. Era a mãe da minha mãe.

Vovó era bem grande. Não havia outra palavra para descrevê-la melhor. Se tivesse que tentar, diria que ela era como um carvalho gigante e perene. Seu corpo, sua voz, até mesmo sua sombra, eram enormes. Suas mãos, em especial, eram grossas como as de um homem musculoso. Ela se sentou à minha frente, cruzou os braços e apertou os lábios. Mamãe baixou os olhos e balbuciou alguma coisa, mas minha avó a deteve com uma voz baixa e grossa.

— Coma primeiro.

Com relutância, Mamãe começou a colocar o hambúrguer gelado na boca. Houve um longo silêncio entre elas mesmo depois que ela comeu sua última batata frita. Eu lambi os dedos para catar os farelos na bandeja de plástico e comê-los, um por um, esperando pelo próximo passo delas.

Mamãe mordeu os lábios e só encarou os próprios sapatos, frente aos braços firmemente cruzados de Vovó. Quando não havia literalmente mais nada na bandeja, Mamãe finalmente tomou coragem para colocar as mãos em meus ombros e dizer, em uma voz minúscula e fraca:

— Esse aqui é ele.

Minha avó respirou fundo, inclinou-se em sua cadeira e grunhiu. Mais tarde, perguntei-lhe o que aquele som queria dizer. Ela falou que significava algo como "Você podia ter tido uma vida melhor, pobrezinha".

— Você é um caso perdido! — gritou, tão alto que sua voz ecoou pelo lugar inteiro.

As pessoas se viraram para nós enquanto minha mãe começava a chorar. Por entre os lábios entreabertos, ela despejou na mãe dela tudo que havia passado nos últimos sete anos. Para mim, soava apenas como uma série de soluços, fungadas e eventuais assoadas de nariz, mas Vovó conseguiu entender tudo que ela disse. Minha avó relaxou os braços cruzados e descansou as mãos nos joelhos, o brilho em seu rosto agora apagado. Enquanto Mamãe me descrevia, o rosto de Vovó até chegou a lembrar o dela. Depois que minha mãe terminou de falar, Vovó permaneceu em silêncio por um tempo. Sua expressão mudou de repente.

— Se o que sua mãe fala é verdade, você é um monstro.

Mamãe ficou boquiaberta com a declaração de Vovó, que agora havia aproximado seu rosto do meu, sorrindo. Os cantos de sua boca se levantaram enquanto os de seus olhos caíram. Era como se os olhos e a boca estivessem prestes a se encontrar.

— E que monstrinho mais adorável você é!

Ela afagou tanto minha cabeça que doeu. Foi assim que nossa vida juntos começou.

13

Depois de nos mudarmos para a casa da minha avó, Mamãe abriu um sebo, com a ajuda dela, é claro. Mas Vovó, que minha mãe sempre disse que amava guardar rancor, resmungava em toda oportunidade.

— Eu vendi bolinhos de arroz picante *tteokbokki* minha vida inteira para pagar a educação da minha única filha, mas olha para você, vendendo livros velhos em vez de lê-los. Continue assim, sua *puta podre*.

Ao pé da letra, puta podre tinha um significado horrível, mas mesmo assim Vovó a bombardeava com aquilo dia e noite.

— Que tipo de mãe chama a filha de puta podre, hein?

— Estou errada? No final, todo mundo vai morrer e apodrecer. Eu não estou xingando, estou dizendo a verdade.

Quando nos reunimos com Vovó, conseguimos acabar com nosso ciclo infinito de mudanças, e finalmente nos assentamos em uma casa de vez. Pelo menos minha avó não reclamava para que Mamãe conseguisse outro trabalho que pagasse mais. Vovó tinha uma admiração por letras. Por isso ela costumava comprar tantos livros para a filha, apesar de estar passando aperto, e tivera a esperança de que ela crescesse e se tornasse uma mulher versada e educada. Na realidade, queria que minha mãe fosse uma escritora. Especificamente, queria que ela fosse uma "mulher só de palavras" que passasse a vida inteira em solidão e envelhecesse de maneira graciosa. Era o tipo de vida que Vovó teria querido para si, se pudesse voltar atrás. Era parte do motivo de ter dado a ela o nome Jieun, que significava "autora".

— Sempre que a chamava, *Jieun, Jieun,* pensava que palavras elegantes escorreriam da ponta de sua caneta. Fiz com que lesse tantos livros quanto possível, esperando que se tornasse uma intelectual. Quem diria que a única coisa que aprenderia com os livros seria se apaixonar por um marginal ignorante. *Aigu...* — reclamava Vovó com frequência.

Por já existir um mercado online ativo para bens usados, ninguém achava que manter um sebo offline faria dinheiro. Mas Mamãe estava determinada. Um sebo era a decisão menos realista que minha mãe muito realista já tinha tomado. Mas fora um sonho querido dela por muitos anos. Houve até uma época em sua vida em que também sonhou em se tornar escritora, como minha avó desejava. Mas Mamãe disse que não conseguia escrever sobre todas as cicatrizes que a vida lhe deixara ao longo dos anos. Escrever significaria vender a própria vida, e ela não tinha confiança para isso. Basicamente, não tinha a coragem para ser uma escritora. Em vez disso, decidiu vender livros de outros autores. Livros que já estavam impregnados com o cheiro do tempo. Não livros novos que preenchiam com frequência as livrarias, mas aqueles que ela poderia escolher a dedo, um por um. Por isso, livros usados.

    A loja ficava em um beco em uma área residencial em Suyu-dong, um bairro pobre que muitas pessoas ainda chamavam pelo nome antigo, Suyu-ri. Eu duvidava que qualquer um fosse até lá para comprar livros usados, mas Mamãe estava confiante. Ela tinha jeito para escolher livros antigos e de nicho que leitores amariam, além de comprá-los por preços baratos. Nossa casa ficava conectada aos fundos da loja: dois quartos, uma sala de estar e um banheiro sem banheira. O suficiente para nós três. Saíamos de nossos quartos para cumprimentar clientes. Às vezes, se não sentíamos vontade, ficávamos quietos em nossos quartos até que eles fossem embora. A palavra "sebo" ficava em cima da janela de vidro brilhante, assim como um letreiro que dizia "Livraria da Jieun". Na noite anterior à inauguração, Mamãe limpou a poeira das mãos e sorriu.

    — Chega de mudanças. Esta é a nossa casa.

Aquilo se tornou verdade. Para a surpresa de Vovó, nós conseguimos vender livros o suficiente para pagar as contas. Ela sempre resmungava consigo mesma, sem acreditar em como as coisas haviam dado certo.

14

Eu também me sentia confortável na nossa casa-livraria. Outras pessoas podiam dizer que "gostavam" ou "amavam", mas, no meu vocabulário, "confortável" era o melhor parâmetro. Para ser mais específico, me conectava ao cheiro de livros antigos. Na primeira vez que os cheirei, foi como encontrar algo que já conhecia. Abria os livros e os cheirava sempre que podia, enquanto minha avó me atazanava, perguntando qual era o sentido de cheirar livros bolorentos.

Livros me levavam a lugares a que nunca poderia ir de outra maneira. Compartilhavam confissões de pessoas que eu nunca conheceria e vidas que jamais presenciaria. As emoções que não conseguia sentir e as experiências pelas quais não passara podiam ser todas encontradas naqueles volumes. E eles eram, por natureza, diferentes de programas de TV ou filmes.

Os mundos dos filmes, das novelas ou dos desenhos animados já eram tão meticulosos que não havia espaços em branco para preencher. As histórias na tela existiam exatamente como tinham sido filmadas e desenhadas. Por exemplo, se um livro tinha a descrição "Uma senhora loira senta de pernas cruzadas em uma almofada marrom em uma casa com formato de hexágono", a adaptação visual também teria todo o resto decidido, do seu tom de pele e sua expressão até o tamanho de suas unhas. Não havia mais nada que eu pudesse mudar naquele mundo.

Mas os livros eram diferentes. Eles tinham muitos espaços em branco. Lacunas entre as palavras e até entre as linhas. Eu podia mergulhar ali e me sentar, ou andar, ou rabiscar meus pensamentos. Não importava que não tivesse ideia de o que as palavras queriam dizer. Virar as páginas era metade do caminho.

Eu o amarei.
Mesmo se nunca puder saber se meu amor é pecado ou veneno ou mel, não cessarei esta jornada de amá-lo.

As palavras não me diziam nada, mas isso não importava. Era suficiente que meus olhos se movessem ao longo delas. Eu cheirava os livros, olhos vagarosamente traçando o formato e os riscos de cada letra. Para mim, era tão sagrado quanto comer amêndoas. Uma vez que tateasse uma letra por tempo o suficiente com os olhos, eu a lia em voz alta. *Eu, o, amarei.*

Mesmo se, nunca, pudersaber, semeu, amoré, pecadoou, venenoou, melnão, cessarei, esta, jornadade, amálo.

Eu mastigava as letras, as saboreava e as cuspia com a voz. Fazia esse ritual repetidamente até memorizar todas. Quando se repete a mesma palavra, uma vez após a outra, chega uma hora em que seu significado some. Então, em algum momento, as letras vão além de letras, e as palavras, além de palavras. Elas começam a soar como uma linguagem alienígena e sem sentido. É nesse momento que eu sinto de verdade aquelas palavras incompreensíveis como "amor" ou "eternidade" começarem a falar comigo. Contei a Mamãe sobre essa brincadeira divertida.

— Qualquer coisa perderá o sentido se você repetir vezes o suficiente — disse ela. — Num primeiro momento, você sente que está pegando o jeito, mas conforme o tempo passa, sente que o significado está mudando e se corrompendo. E aí, finalmente, ele se perde. Some completamente no branco.

Amor, amor, amor, amor, amor, a, mor, aaaa, moor, amor, amora, mora, mora.

Eternidade, eternidade, eternidade, eter, nidade, eeeter, niiidade.

Agora, os significados sumiram. Assim como a parte de dentro da minha cabeça, que sempre foi uma página em branco.

15

O tempo passou através do infinito ciclo das estações — primavera, verão, outono, inverno, e de volta à primavera. Mamãe e Vovó se alfinetavam, com frequência riam alto, e ficavam quietas quando a noite caía. Quando o sol pintava o céu de vermelho, Vovó tomava um gole de *soju* e soltava um *Aahhh* satisfeito, e Mamãe se juntava a ela, "É bom", e outra vez com um gutural "*Kyahh*, muito bom". Ela me disse que essa expressão significava "felicidade".

Minha mãe era popular com os homens. Ela teve mais alguns namorados, mesmo depois que começamos a morar com Vovó. Minha avó dizia que o motivo de os homens irem atrás de Mamãe, apesar de sua personalidade agressiva, era porque sua filha era igualzinha a ela na juventude. Mamãe fazia bico, mas cedia, "Sim, sua avó era mesmo bonita", embora ninguém pudesse comprovar aquela afirmação. Eu não tinha lá muita curiosidade sobre seus namorados. Sua vida amorosa seguia um padrão. Sempre começava com homens a abordando e terminava com ela se apegando a eles. Vovó dizia que tudo que eles queriam era casual, enquanto Mamãe estava procurando por alguém para ser pai.

Mamãe era magra. Usava delineador de um tom castanho, que fazia seus olhos grandes, escuros e redondos parecerem ainda maiores. Seu cabelo era liso, preto feito alga, e caía até a cintura, e seus lábios estavam sempre pintados de vermelho, como os de um vampiro. Às vezes eu folheava seus velhos álbuns de fotos e descobria que ela teve a mesma aparência durante toda a adolescência e até seus quarenta anos. As roupas, o penteado, e até seu rosto, permaneceram iguais. Parecia que ela não havia envelhecido nem um pouco, exceto por ficar mais alta, centímetro por centímetro. Não gostava de ser chamada de *puta podre* por Vovó, então lhe dei um novo apelido: *dama fresca*. Mas ela só se emburrou, dizendo que também não gostava daquele.

Vovó tampouco parecia envelhecer. Seu cabelo grisalho não ficou mais preto nem mais branco, nem seu corpo grande ou a quantidade de álcool que bebia demonstravam quaisquer sinais de diminuir conforme os anos passavam.

Todo solstício de inverno, subíamos ao telhado, apoiávamos uma câmera nos tijolos e tirávamos uma foto em família. Entre Mamãe, a Vampira Sem Idade, e Vovó, a Gigante, eu era o único crescendo e mudando.

* * *

Então, veio *aquele* ano. O ano em que tudo aconteceu. Era inverno. Alguns dias antes da primeira nevasca do ano, encontrei algo estranho no rosto de Mamãe. Pensei que fios curtos de cabelo estivessem grudados em seu rosto, então estendi a mão para tirá-los. Mas não eram cabelos. Eram rugas. Eu não sabia quando tinham aparecido. Eram bem fundas e longas. Foi a primeira vez que percebi que Mamãe estava envelhecendo.

— Mamãe, você também tem rugas.

Ela sorriu, o que fez suas rugas ficarem mais longas. Tentei imaginar Mamãe ficando velha, mas não consegui. Era difícil de acreditar.

— A única coisa que me resta a fazer é ficar velha — disse ela, seu sorriso se apagando por algum motivo.

Seu olhar se perdeu à distância, então ela apertou os olhos. No que estava pensando? Estava se imaginando rindo como uma avó idosa em seus anos dourados?

Mas ela estava errada. Acabou que não teria a chance de envelhecer.

16

Enquanto lavava os pratos ou esfregava o chão, Vovó cantarolava uma melodia aleatória, acrescentando sua própria letra.

Milho no verão, batatas-doces no inverno,
Que saborosas são, que doces são, comam tudo logo

Ela costumava vendê-los a transeuntes no Terminal de Ônibus Expresso quando era mais nova. Montava sua vendinha em algum lugar na frente da entrada. O único luxo que a jovem Vovó podia se dar era perambular pelo terminal depois do trabalho. Ficava encantada, principalmente com as decorações na época do aniversário do Buda e no Natal. Fileiras de lanternas de lótus eram penduradas do lado de fora do terminal do fim da primavera até o início do verão, e enfeites de Natal o decoravam no inverno. Era tanto seu trabalho quanto seu país das maravilhas. Ela dizia que queria muito aquelas lanternas de lótus desleixadas e árvores de Natal falsas. Então, quando abriu uma barraquinha de *tteokbokki* com suas economias da venda de batatas-doces e milho cozido, a primeira coisa que fez foi comprar lanternas de lótus bonitas e uma árvore de Natal em miniatura. As estações não importavam para ela. Durante o ano inteiro, lanternas de lótus e enfeites de Natal ficavam pendurados lado a lado na barraquinha.

Mesmo depois que Vovó fechou a loja e Mamãe abriu o sebo, uma das regras inegociáveis da minha avó era sempre comemorar o aniversário do Buda e o Natal.

— Não me admira que Buda e Jesus sejam santos. Eles fizeram questão de evitar que seus aniversários coincidissem para podermos aproveitar os dois feriados. Mas, se tivesse que escolher um aniversário em vez do outro, o meu favorito, é claro, é a véspera de Natal! — disse Vovó, afagando meu cabelo.

Meu aniversário é na véspera de Natal.

Todo ano, comíamos fora para comemorar. Naquele, na véspera de Natal, estávamos nos arrumando para sair, como sempre. Estava frio e úmido. O céu estava nublado, e o ar pesado se infiltrava pela minha pele. *Por que se dar ao trabalho? É só um aniversário*, pensei comigo mesmo, abotoando o casaco. E eu estava falando sério. Não deveríamos ter saído naquele dia.

17

A cidade estava lotada. A única diferença de outras vésperas de Natal foi que começou a nevar assim que entramos no ônibus. Estava um engarrafamento sem fim enquanto um locutor de rádio informava que a nevasca continuaria no dia seguinte, marcando o primeiro Natal Branco em uma década. Desde que conseguia me lembrar, nunca tinha nevado no meu aniversário até aquele ano.

A neve se acumulava de maneira assustadoramente rápida, como se pretendesse devorar a cidade inteira. A cidade que antes fora cinzenta agora parecia muito mais serena. Talvez por conta da paisagem, as pessoas no ônibus não pareciam muito irritadas com o trânsito. Deslumbradas, fitavam o lado de fora e tiravam fotos com os celulares.

— Eu quero *naengmyeon* — disse Vovó.

— E *mandu* de porco — acrescentou Mamãe, estalando os lábios.

— E sopa quente — intrometi-me.

Elas olharam uma para a outra e riram. Devem ter se lembrado do outro dia, quando perguntei por que as pessoas raramente comiam *naengmyeon* no inverno. Provavelmente acharam que eu estava com vontade de comer.

Depois de cochilar no ônibus, descemos na estação Cheonggyecheon e caminhamos ao longo do riacho por um bom tempo. Era um mundo branco. Ergui os olhos e vi flocos de neve caindo. Mamãe exclamou e esticou a língua para provar a neve, como uma criança.

Acabou que o restaurante a que minha avó costumava ir, na esquina do beco, desaparecera. Quando a umidade que encharcava a bainha de nossas calças começou a subir e esfriar nossas panturrilhas, finalmente encontramos outro estabelecimento que Mamãe tinha acabado de procurar na internet. Era um restaurante de franquia, cercado por fileiras de cafeterias.

As palavras *"Naengmyeon* estilo Pyongyang" estavam estampadas na parede em letras grandes, e, como se para atestar aquilo, o macarrão gelado estava tão macio que se partiu em pedaços assim que tocou meus dentes. Mas essa foi a única parte boa. A sopa estava velha, os grandes *mandus*, queimados, e o caldo de *naengmyeon* tinha gosto de Sprite. Até alguém que estivesse comendo *naengmyeon* pela primeira vez saberia que aquele estava ruim e malfeito. Mas Mamãe e Vovó terminaram seus pratos. Às vezes, a atmosfera conseguia abrir mais o apetite do que o verdadeiro gosto da comida. Naquele dia, foi a neve. As duas estavam completamente sorridentes. Eu coloquei um grande cubo de gelo dentro da boca e o rolei com a língua.

— Feliz aniversário — disse Vovó.

— Obrigada por ser meu filho — acrescentou Mamãe, apertando minha mão.

Feliz aniversário. Obrigado por ser meu filho. Um pouco clichê. Mas há dias em que você deve falar esse tipo de coisa.

Nos levantamos para sair, sem saber para onde ir em seguida. Enquanto Vovó e Mamãe pagavam, avistei uma bala sabor ameixa em um cesto no balcão. Na verdade, era um papel de bala vazio que alguém deixara ali. Uma garçonete me viu mexendo naquilo, sorriu e me disse para esperar ali que ela iria buscar mais algumas.

Vovó e Mamãe saíram primeiro. A neve ainda caía com força, e minha mãe parecia tão feliz, pulando sem parar, tentando apanhar flocos de neve. Vovó tremia de rir vendo a filha e se virou, radiante, para olhar para mim do outro lado da janela. A garçonete voltou com um saco de balas novo e enorme. Ela rasgou o lacre, e lá vieram as balas, enchendo o cesto feito presentinhos.

— Posso levar um tanto assim? É véspera de Natal — perguntei, pegando dois punhados de bala. A garçonete hesitou um pouco, mas assentiu com um sorriso.

Do lado de fora da janela, Mamãe e Vovó ainda estavam completamente sorridentes. Desfilando ao lado delas estava uma longa procissão de coral misto. Eles vestiam gorros vermelhos de Papai Noel e capas da mesma cor, e estavam cantando canções de Natal. *Noel, Noel, Noel, Noel. Nasceu o Rei de Israel.* Enfiei as mãos nos bolsos e senti os cantos pontudos dos papéis de bala conforme andava até a saída.

Bem na hora, um grupo de pessoas exclamou em uníssono. A cantoria parou. As exclamações se transformaram em gritos. O desfile do coral tornou-se um caos conforme as pessoas cobriam as bocas e fugiam.

Do lado de fora da janela, um homem balançava algo contra o céu. Era um homem de terno que havíamos visto espreitando por ali antes de entrarmos no restaurante. Em grande contraste com suas roupas, ele segurava uma faca em uma mão e um martelo na outra. Empunhava ambos com tanta força que parecia querer apunhalar todo floco de neve que caía contra ele. Vi-o se aproximar do coral conforme algumas pessoas apressadamente pegavam seus celulares.

O homem se virou e seus olhos caíram sobre Vovó e Mamãe. Ele mudou de curso. Vovó tentou puxar Mamãe para longe. Mas, no momento seguinte, algo inacreditável aconteceu diante dos meus olhos. Ele desceu o martelo na cabeça de Mamãe. Uma, duas, três, quatro vezes.

Ela tombou, sangue salpicando o chão. Empurrei a porta de vidro para sair, mas Vovó gritou e bloqueou a entrada com o corpo. O homem largou o martelo e cortou o ar com a faca na outra mão. Esmurrei a porta de vidro, mas Vovó balançou a cabeça, obstruindo-a com todo seu ímpeto. Ela disse algo para mim, várias vezes, meio chorando. O homem partiu para cima dela. Ela se virou para encará-lo e rugiu. Mas só uma vez. Suas enormes costas cobriam minha visão. Sangue salpicou a porta de vidro. Vermelho. Mais vermelho. Tudo que pude fazer foi assistir à porta de vidro ficar mais e mais vermelha. Ninguém interveio naquele tempo todo. Vi um cenário congelado. Eles só ficaram ali e assistiram, como se o homem, Mamãe e Vovó estivessem encenando. Todo mundo era a plateia. Inclusive eu.

18

Nenhuma das vítimas tinha relação com o homem. Mais tarde, descobriu-se que ele era um cidadão classe média bem típico, vivendo uma vida comum. Havia se formado em uma faculdade com duração de quatro anos e trabalhado no departamento de vendas de um pequeno negócio por catorze anos antes de ser repentinamente demitido por causa da recessão. Abriu uma lanchonete de frango frito com a indenização, mas teve que fechá-la depois de dois anos. Nesse meio tempo, se endividou, e sua família o deixou. Depois disso, isolou-se em casa por longos três anos e meio. Nunca saía do quarto semissubterrâneo, a não ser para fazer compras em um supermercado próximo e visitar a biblioteca pública vez ou outra.

A maioria dos livros que pegava lá eram manuais de introdução às artes marciais, autodefesa e porte de faca. Mas os livros pessoais em sua casa eram, na maior parte, de autoajuda sobre regras para o sucesso e hábitos positivos. Sobre sua mesa gasta estava um testamento que escreveu em letras grandes e grosseiras, como se fizesse questão de que fosse encontrado.

Se eu vir alguém sorrindo hoje, o levarei comigo.

Seu diário continha mais traços de seu ódio contra o mundo. Muitas seções sugeriam que ele sentia um desejo de matar sempre que via pessoas sorrindo neste mundo miserável. Conforme detalhes sobre sua vida e origem vinham à tona, o interesse público mudou do crime em si para uma análise sociológica do que, inevitavelmente, o levou a fazer o que fez. Muitos homens de meia-idade não viram diferença entre suas vidas e a do criminoso, e entraram em desespero. O público se tornou mais solidário com o homem e começou a focar as realidades da sociedade coreana, que permitiram que aquilo acontecesse. Ninguém parecia se importar com as vítimas.

O incidente chegou às manchetes por um tempo, com títulos como "quem o tornou um assassino?" ou "Coreia: onde um sorriso irá matá-lo". Logo, tão rápido quanto espuma se dissolve, mesmo esses assuntos já não eram mais comentados. Levou só dez dias.

Minha mãe foi a única sobrevivente. Disseram que seu cérebro estava em um sono profundo, com pouquíssimas chances de acordar, e que, se acordasse, ela não seria mais a pessoa que eu conhecia. Logo depois, as famílias das vítimas organizaram um funeral coletivo. Todos estavam chorando, menos eu. Demonstravam as expressões esperadas, de pé diante de seus familiares brutalmente assassinados.

Uma policial passou no funeral e, conforme se curvava para os enlutados, caiu no choro e não conseguiu mais parar. Mais tarde, eu a vi no final do corredor sendo repreendida por um policial mais velho. *Você vai presenciar esse tipo de coisa de tempos em tempos, então aprenda a ficar dessensibilizada.* Nesse momento, os olhos dele encontraram os meus. Ele se aquietou. Eu só me curvei para ele como se nada tivesse acontecido e fui até o banheiro.

Ouvi pessoas cochichando sobre mim por não mostrar nenhuma emoção durante os três dias do funeral. Todos deram palpites diferentes. *Ele deve estar chocado demais. Adolescentes não sabem de nada. Sua mãe está praticamente morta e ele, órfão; mas a ficha ainda não caiu, deve ser por isso.*

Eles devem ter esperado sintomas visíveis de pesar, solidão e frustração da minha parte. Mas o que flutuava dentro de mim não eram emoções, eram perguntas.

Do que é que Mamãe e Vovó estavam rindo com tanta alegria?

Para onde teríamos ido depois do restaurante, se aquilo não tivesse acontecido? Por que o homem fez aquilo?

Por que ele não quebrou a televisão ou o espelho em vez de matar pessoas?

Por que ninguém interveio e acudiu antes que fosse tarde demais?

Por quê?

Milhares de vezes por dia, me fazia pergunta após pergunta, até que voltava à estaca zero e começava tudo de novo. Mas não tinha resposta para nenhuma delas. Até compartilhei minhas perguntas com alguns policiais e um terapeuta, que escutaram com expressões preocupadas e disseram que eu podia lhes falar qualquer coisa. Mas ninguém conseguia me dar respostas. A maioria ficou em silêncio, outros tentaram responder, mas desistiram. Eu sabia o porquê. Era porque ninguém tinha as respostas. Tanto minha avó quanto o homem estavam mortos. Minha mãe ficaria em silêncio para sempre. Então, as respostas para minhas perguntas haviam também partido para sempre. Parei de perguntar em voz alta.

Mamãe e Vovó haviam partido, aquilo era evidente. Vovó partira tanto em corpo quanto em alma, e, quanto à Mamãe, a única parte dela que restava era uma casca. Agora ninguém mais se lembraria de suas vidas, exceto eu. Era por isso que eu precisava sobreviver.

Depois do funeral, exatamente oito dias depois do meu aniversário, um ano novo chegou. Eu estava completamente sozinho. Tudo que restava em minha vida eram as pilhas de livros na livraria da minha mãe. Todo o resto havia sumido. Não tinha mais que pendurar as lanternas de lótus e os enfeites de Natal, ou memorizar os quadros de emoções, ou ir à cidade abrindo caminho através de multidões para comer fora no meu aniversário.

Parte dois

19

Eu visitava o hospital todos os dias. Mamãe estava deitada, imóvel, apenas respirando. Ela fora transferida da UTI para uma ala com seis camas. Eu passava lá todos os dias e me sentava ao seu lado, relaxando na cálida luz do sol que adentrava através da janela.

O médico simplesmente disse que ela não tinha chance de acordar. Que estava apenas sobrevivendo e nada mais. A enfermeira esvaziava o penico para ela sem muita atenção. Eu a ajudava a virar o corpo de Mamãe de vez em quando para que ela não tivesse escaras. Parecia que eu estava virando um monte de bagagens.

O médico me pediu para avisá-lo quando eu decidisse o que fazer. Quando lhe perguntei o que aquilo significava, ele disse que era sobre eu manter a minha mãe ali e pagar as contas do hospital ou transferi-la para uma casa de repouso mais barata no interior do país.

Por enquanto, eu seria capaz de viver com o seguro de vida da minha avó. Percebi, então, que Mamãe havia organizado essas coisas para o caso de eu ficar sozinho em algum momento.

Fui registrar a morte de Vovó no centro de serviço comunitário, onde os funcionários estalaram as línguas em silêncio e desviaram o olhar. Alguns dias depois, um assistente social do centro veio me ver. Ele avaliou minha casa e sugeriu que eu me mudasse para um centro juvenil, como um abrigo ou uma casa-lar. Pedi-lhe que me desse algum tempo. Eu não necessariamente iria usá-lo para pensar sobre a sugestão. Só precisava de tempo.

20

A casa estava em silêncio. Tudo que eu conseguia ouvir era o som da minha respiração. As letras que Vovó e Mamãe haviam colado nas paredes eram decorações sem sentido agora que não havia ninguém para me ensinar o que significavam. Eu conseguia imaginar como a minha vida seria caso me mudasse para uma instituição, o que não me incomodava. Mas não conseguia imaginar o que aconteceria com a minha mãe.

Tentei imaginar o que me diria. Mas ela não conseguiria me responder. Procurei por pistas nas palavras que me deixara. Lembrei-me do que ela dizia com mais frequência, que era para viver "normalmente".

Mexi nos aplicativos do celular, distraído. Um deles, chamado "Converse com o celular", chamou minha atenção.

Cliquei nele, e uma pequena caixa de conversa contendo um emoji apareceu.

Oi.

Assim que cliquei em enviar, recebi uma resposta:

Oi.

Digitei:

Como você está?
Bem. E você?
Também.
Que bom.
O que significa ser "normal"?
Ser como os outros.

Uma pausa. Digitei uma mensagem mais longa desta vez.

O que significa ser como os outros? Quando todo mundo é diferente, quem devo seguir? O que Mamãe diria?
Vem cá, o jantar está pronto.

A resposta me paralisou, porque nem percebi que havia clicado em enviar. Tentei perguntar mais, mas nenhuma das respostas foi útil. Eu não conseguiria nenhuma dica daquela coisa. Fechei o aplicativo sem digitar uma despedida.

Ainda tinha um tempo antes de a escola voltar. Precisava me acostumar a viver sozinho até lá.

Reabri a livraria duas semanas depois. Nuvens de poeira se levantaram conforme eu andava ao longo das prateleiras. Eu tinha clientes de vez em quando. Algumas pessoas compravam livros online. Consegui comprar uma coleção de livros infantis usados que Mamãe quisera adquirir antes do incidente, por um preço razoável. Eu a exibi em um lugar na loja onde todo mundo a veria.

Era até fácil dizer apenas algumas palavras por dia. Eu não tinha que quebrar a cabeça para encontrar as palavras apropriadas para uma determinada situação. Tudo que precisava dizer era "sim", "não" ou "'um momento". O resto era passar cartões de banco, devolver troco e dizer "bem-vindo" ou "tenha um ótimo dia", como um robô.

Uma senhora que tinha um clube de leitura para crianças no bairro entrou. Ela às vezes conversava com Vovó.

— Vejo que você está ajudando durante as férias. Onde está sua avó?

— Ela morreu.

Ela ficou boquiaberta, então franziu as sobrancelhas, fazendo uma cara bem feia.

— Eu sei que crianças da sua idade fazem brincadeiras, mas isso é simplesmente inaceitável. Sua avó ficaria muito chateada de ouvir isso.

— Mas estou falando sério.

— É mesmo? — Ela ergueu a voz, cruzando os braços. — Então, me diga, quando e como ela morreu?

— Foi esfaqueada na véspera de Natal.

— Meu Deus. — Ela cobriu a boca. — Aquele massacre dos jornais. Ah, céus... — Ela fez o sinal da cruz e virou-se para ir embora, com pressa, como se para evitar pegar algo contagioso.

— Me desculpe. — Eu a parei. — Você não pagou.

Ela ficou vermelha.

Depois que a mulher se foi, pensei por um tempo sobre o que Mamãe teria gostado que eu dissesse. A expressão da senhora deixou claro que eu havia feito algo errado, mas não tinha ideia de qual fora o meu erro ou como desfazê-lo. Talvez devesse ter dito que Vovó estava fora da cidade, viajando. Na verdade, era melhor não, ela teria continuado a me fazer perguntas, porque gostava de cuidar da vida dos outros. Talvez eu não devesse tê-la feito pagar. Mas isso não teria feito sentido. Lembrei-me do ditado "Silêncio vale ouro" e decidi me apegar a ele. *Não responda à maioria das perguntas.* Mas o que contaria como "maioria" também era confuso.

Um livro me veio à mente, um que minha avó, que raramente lia alguma coisa a não ser letreiros de lojas, por acaso leu e amou. *Contos de Hyun Jingeon*. Há muito tempo, consegui encontrar uma edição em folheto que foi vendida por 2.500 wons, em 1986. A história favorita dela da coleção era "Inspetora B e as cartas de amor".

Na história, Inspetora B lê em segredo as cartas de amor de suas alunas à noite, encenando tanto as partes dos meninos quanto as das meninas, como uma peça de uma pessoa só. Três de suas alunas a flagram, e cada uma reage de forma diferente. Uma zomba dela, uma treme de medo e a outra chora de compaixão.

Na época, eu disse à minha mãe que a história contradizia o que ela me ensinava, de que há apenas uma resposta certa para cada situação, mas pensei que esse tipo de final não era tão ruim. Parecia significar que havia mais de uma resposta para tudo. Talvez eu não precisasse me apegar a regras rígidas de diálogo e comportamento. Já que todo mundo era diferente, minhas "reações esquisitas" poderiam ser normais para algumas pessoas.

Mamãe ficou constrangida quando eu disse isso a ela. Ela pensou por um bom tempo antes de finalmente surgir com uma resposta. Disse que a terceira aluna teve a reação correta, porque a resposta geralmente vinha por último, e a história terminava com a menina chorando.

— Mas também tem uma forma de escrita que começa com o tópico frasal. A primeira aluna poderia estar certa.

Mamãe coçou a cabeça. Sem desistir, perguntei:

— Você teria chorado se tivesse visto a peça de uma pessoa só da Inspetora B?

— Sua mãe consegue dormir em qualquer situação — intrometeu-se Vovó. — Ela seria um dos figurantes interpretando os alunos dormindo.

Eu quase conseguia ouvir Vovó rindo ao meu lado.

Uma sombra escura caiu sobre o livro. Olhei para cima e vi um homem de meia-idade e familiar parado à minha frente. Mas ele logo sumiu. Ele deixara um bilhete no balcão. Dizia: "Suba até o segundo andar."

21

A livraria ficava no primeiro andar de um prédio de dois andares. No segundo ficava uma padaria, o que era incomum. Não tinha um nome de verdade, só uma placa que simplesmente dizia: "Pão." Na primeira vez que Vovó a viu, ela disse: "O pão daqui não parece gostoso", embora eu não fizesse ideia de como ela deduzira aquilo só de olhar para a placa.

A padaria vendia só pães streusel, pão de leite e com creme de confeiteiro. Fechava às quatro da tarde em ponto. Ainda assim, estava sempre cheia de gente, com frequência a fila se estendia até o primeiro andar. Clientes no fim até davam uma olhada em nossa livraria.

Mamãe comprava pão lá às vezes. A sacola de plástico da padaria dizia "Padaria de Shim Jaeyoung". Shim Jaeyoung era o dono, mas minha mãe o chamava de "Doutor Shim".

Depois que Vovó experimentou, parou de reclamar sobre o pão não parecer gostoso. Para mim, era normal. Como qualquer outra comida.

Mas aquela foi minha primeira vez dentro da padaria.

Doutor Shim me deu um pedaço de pão com creme. Dei uma mordida, e o espesso creme amarelo-canário escorreu. Ele estava no início dos seus cinquenta anos, mas o cabelo branco feito neve o fazia parecer ter quase sessenta.

— E aí?

— Tem gosto de... alguma coisa.

— Que bom, melhor do que de nada. — Riu ele.

— Você trabalha aqui sozinho? — perguntei, olhando em volta.

O lugar não tinha uma estrutura de verdade. Com uma divisória separando o espaço ao meio, não tinha nada além de um balcão, um expositor e uma mesa de um lado, e a parte da cozinha, supostamente, do outro.

— Sim, sou o dono e o único funcionário. É mais fácil assim. Bem simples de se lidar, também.

A resposta dele foi mais longa do que o necessário.

— Por que você queria me ver?

Ele serviu leite em minha xícara.

— Sinto muito pelo que você passou. Tenho pensado faz tempo em como posso te ajudar.

— Que tipo de ajuda?

— Bom, sei que acabamos de nos conhecer, mas tem alguma coisa que você precise ou que queira perguntar?

Ele tamborilou os dedos na mesa, coisa que já vinha fazendo há um tempo. Por hábito, talvez, mas estava ficando irritante.

— Pode parar de fazer esse barulho?

Doutor Shim espiou-me por cima dos óculos e sorriu.

— Já ouviu falar da história de Diógenes? Você me lembra dele. Quando Alexandre, o Grande, diz a Diógenes para pedir-lhe qualquer favor, Diógenes pede para que ele saia do caminho, porque sua sombra está bloqueando o sol.

— Você não me lembra de Alexandre, o Grande.

Ele caiu na gargalhada.

— Sua mãe falava muito sobre você. Disse que você é especial.

Especial. Eu sabia o que ela provavelmente queria dizer. Ele fechou as mãos.

— Posso parar de batucar por agora, mas é um hábito meu que é um pouco difícil de largar. Enfim, o que eu quis dizer era que eu estava, na verdade, esperando poder ajudá-lo com.... mais frequência.

— Mais frequência?

— Eu poderia te ajudar financeiramente, se você precisar de apoio.

— Bom, eu tenho o dinheiro do seguro, então estou bem no momento.

— Sua mãe sempre me pedia para tomar conta de você, caso algo acontecesse. Éramos amigos próximos. Ela era o tipo de pessoa que fazia todo mundo ao redor dela feliz.

Notei que ele usava o tempo no passado.

— Você a tem visitado no hospital?

Ele assentiu, os cantos da boca caindo um pouco. Se estava triste pela minha mãe, aquilo talvez a tivesse feito se sentir bem. Essa era uma das dicas que ela me dera. Se alguém ficava triste com a minha tristeza, então eu deveria ficar feliz. Ela dizia que dois negativos faziam um positivo.

— Por que as pessoas te chamam de Doutor Shim?

— Eu já fui médico, mas não sou mais.

— Que mudança de trabalho interessante.

Ele riu de novo. Percebi que sempre ria quando eu dizia alguma coisa, mesmo quando eu não tinha tentado ser engraçado.

— Você gosta de livros? — perguntou ele.

— Sim. Eu costumava ajudar Mamãe na livraria.

— Certo, então é o seguinte. Você continua a trabalhar na livraria. Vou lhe pagar salários mensalmente. Sou dono deste prédio, então você pode guardar o dinheiro do seguro para a faculdade ou outros assuntos importantes, e usar este trabalho de meio período para os gastos básicos. Eu posso lidar com todas as coisas complicadas, se você deixar.

Disse a ele que pensaria sobre o assunto, como fiz com o assistente social. Tinha aprendido a responder a ofertas inusitadas ganhando tempo primeiro.

— Me avise se você tiver qualquer problema. Estou um pouco surpreso de ter gostado tanto da nossa conversa. Dê o seu melhor para vender tantos livros quanto puder, melhor dar tudo de si, não é?

— Você era namorado dela? — perguntei-lhe quando estava prestes a ir embora. Seus olhos se arregalaram, então se estreitaram.

— Interessante que você pense assim. Nós éramos amigos... muito bons amigos — disse ele, o sorriso aos poucos desaparecendo.

22

Depois de alguns dias, decidi aceitar a proposta do Doutor Shim. De maneira geral, a sugestão não parecia me prejudicar. Minha vida prosseguiu sem mais situações desafiadoras. Assim como Doutor Shim tinha sugerido, eu tentava aumentar as vendas e passava todos os dias pesquisando livros best-sellers usados e manuais de concurso público que estivessem em boas condições, e comprando volumes. Alguns dias, quando a temperatura estava congelante, nem um único cliente aparecia, então eu não dizia palavra alguma. Quando abria a boca para beber água, meu hálito ruim atacava minhas narinas.

Dentro de um porta-retratos no canto da mesa, nós três continuávamos os mesmos. Mãe e filha sorridentes, e eu indiferente. Às vezes, me perdia em um devaneio sem sentido, imaginando que elas haviam apenas viajado para algum lugar. Mas sabia que a viagem nunca teria fim. Elas foram meu universo inteiro. No entanto, agora que tinham partido, comecei a aprender que havia outras pessoas neste mundo. Essas outras pessoas entraram em meu mundo aos poucos, uma de cada vez. A primeira foi o Doutor Shim. Ele passava na livraria ocasionalmente, dando-me pão ou tapinhas no ombro para dizer *Ânimo* quando eu, na verdade, não estava desanimado.

Quando o sol se punha, eu ia ver Mamãe. Ela ficava deitada, como a Bela Adormecida. O que gostaria que eu fizesse? Que ficasse ao seu lado e a virasse depois de algumas horas? Provavelmente não. Ela teria querido que eu fosse para a escola. Aquilo seria a "vida normal" para qualquer um da minha idade. Então, decidi voltar à escola.

Os ventos implacáveis aos poucos perderam sua força. O Ano Novo Lunar passou, e aí o Dia dos Namorados. Quando os casacos ficaram mais leves, finalmente me formei no nono ano e passei do fundamental para o ensino médio. Houve infinitas reclamações na televisão e no rádio sobre como janeiro e fevereiro voaram.

Então veio março. Alunos do jardim de infância se tornaram alunos do fundamental, alunos do fundamental subiram de série. Eu me tornei aluno do ensino médio. Voltei a ver meus professores e colegas todos os dias.

E, aos poucos, as coisas começaram a mudar.

23

A nova escola era um ensino médio misto que existia havia uns vinte anos. Não tinha uma taxa de ingresso muito alta para as melhores faculdades, mas também não tinha a reputação de ter alunos desobedientes ou delinquentes.

Doutor Shim se ofereceu para ir à cerimônia de entrada, mas recusei. Assisti à cerimônia de longe, sozinho. Não foi nada de especial. O prédio da escola era vermelho do lado de fora, e, dentro, tinha cheiro de tinta fresca e materiais de construção novos da reforma recente. O uniforme era rígido e desconfortável.

No primeiro dia do novo semestre, a professora responsável pela minha turma me chamou. Uma professora de química que parecia só uns dez anos mais velha do que eu. Era seu segundo ano lecionando. Ela se jogou em um antigo sofá roxo na sala de orientação, levantando uma nuvem de poeira. Ela tossiu um pouco, cobrindo a boca com o punho, e limpou a garganta baixinho. Ali, ela era a professora, mas em casa podia bem ser a filha mais nova e mimada. Sua tosse constante estava começando a me irritar quando ela animadamente puxou assunto.

— Deve ter sido difícil para você. Tem algo que eu possa fazer para te ajudar?

Então ela tinha alguma ideia de pelo que eu havia passado. O psiquiatra e o advogado que trabalhavam para os enlutados deviam ter entrado em contato com a escola. Assim que ela me fez aquela pergunta, eu respondi que estava bem. Ela apertou os lábios e arqueou as sobrancelhas de leve, como se não fosse aquilo que esperasse ouvir.

Aconteceu no dia seguinte, pouco antes de a turma ser liberada. No primeiro dia, a professora responsável deve ter se esforçado muito para memorizar os nomes dos alunos, mas ninguém ficou impressionado, porque os nomes que ela memorizou com afinco eram seguidos por comentários do tipo "fique quieto" ou "por favor, sente-se". Ela não tinha jeito para chamar a atenção dos alunos. E pigarrear devia ser um hábito, porque ela limpava a garganta a cada três segundos.

— Ouçam, turma. — Ela ergueu a voz de repente. — Um de seus colegas passou por um incidente trágico. Ele perdeu a família na véspera de Natal. Por favor, deem-lhe uma salva de palmas como incentivo. Seon Yunjae, fique de pé, por favor.

Obedeci.

— Força, Yunjae — disse ela primeiro, erguendo as mãos para aplaudir.

Ela me lembrava de um daqueles diretores que eu havia visto em programas de televisão, que incentivava a plateia a aplaudir dos fundos do estúdio.

As reações foram mornas. A maioria só fingiu bater palmas, mas alguns genuinamente se animaram, então ouvi alguns aplausos, pelo menos. Mas eles logo minguaram, deixando dezenas de olhos fixos em mim em completo silêncio.

Foi incorreto responder que *eu estava bem* para a pergunta dela, no dia anterior.

Me deixa em paz. Era o que eu deveria ter dito.

24

Não levou muito tempo para boatos sobre mim se espalharem. Se eu digitava "nat" em uma ferramenta de busca, *Assassinato no Natal* e *Crise no Natal* surgiam como palavras-chave relacionadas. De vez em quando apareciam notícias sobre um jovem de quinze anos com o sobrenome Seon que perdera a mãe e a avó. Elas tinham fotos de mim tiradas no funeral com meu rosto pixelizado, mas de maneira tão malfeita que qualquer um que me conhecesse me reconheceria.

Cada um reagiu diferente. Alguns apontavam para mim de longe no corredor e sussurravam quando eu passava. Outros se sentavam ao meu lado no refeitório e tentavam conversar comigo. Eu sempre topava com o olhar de alguém quando me virava durante a aula.

Um dia, um garoto teve a coragem de me perguntar aquilo sobre o que todos estavam curiosos. Eu estava voltando para a sala de aula depois do almoço quando vi uma sombra pequena e tremeluzente do lado de fora da janela do corredor. Um galho estava batendo contra a janela. Em sua ponta, minúsculas flores de sino dourado floresciam. Abri a janela e empurrei o galho na direção oposta, para que ele pudesse pegar um pouco de luz do sol. Bem nessa hora, uma voz alta ecoou no corredor.

— Então, como foi ver sua mãe morrer na sua frente?

Virei em direção à voz. Era um garoto pequeno, que sempre retrucava os professores e gostava de instigar o pessoal para se fazer o centro das atenções. Esse tipo existe em todo lugar.

— Minha mãe não está morta. Minha avó é que está — respondi.

O garoto exclamou baixinho: *Ahh*. Ele olhou em volta para os outros, encontrou alguns de seus olhares, e eles riram sarcasticamente juntos.

— Ah, é? Me desculpa. Deixa eu perguntar de novo. Como foi ver sua avó morrer na sua frente?

Algumas das garotas reclamaram: *Ei, isso não é engraçado.*

— O quê? Vocês também querem saber — disse ele, dando de ombros e erguendo as mãos. Sua voz estava mais baixa agora.

— Vocês querem saber? — perguntei, mas ninguém respondeu. Todo mundo ficou parado. — Não senti nada.

Fechei a janela e entrei na sala de aula. O burburinho voltou, mas as coisas não poderiam voltar a ser como eram um minuto atrás.

25

O incidente me deixou famoso. É claro, não de uma maneira boa, de acordo com parâmetros normais. Quando eu passava pelo corredor, a multidão se partia como o Mar Vermelho. Ouvia murmúrios aqui e ali. *É ele, aquele garoto. Bom, ele* parece *normal.* Alguns dos veteranos se deram ao trabalho de ir até o nosso andar para me ver. *É o garoto que estava na cena do crime. O garoto que viu a família sangrar até morrer bem na frente dele. Mas ele disse que não sentiu nada, sem nem piscar.*

Os boatos cresceram mais e mais por conta própria. Garotos que alegavam ter feito o fundamental comigo diziam que tinham testemunhado meu comportamento esquisito. A fofoca se tornou absurda, como é típico de fofoca. De acordo com um boato, eu tinha um QI de mais de 200. De acordo com outro, eu esfaquearia qualquer um que se aproximasse de mim. Um até alegava que tinha sido eu quem matou Mamãe e Vovó.

Minha mãe costumava dizer que toda comunidade precisava de um bode expiatório. Ela me passou todo esse treinamento porque pensou que eu tinha uma probabilidade muito alta de me tornar um deles. Agora que ela e Vovó haviam partido, a previsão se tornou realidade. Os garotos logo perceberam que eu não reagia a nada que diziam e começaram a me fazer perguntas estranhas, ou a fazer piada de mim mais descaradamente. Sem a minha mãe para inventar exemplos de diálogos para cada situação, eu fiquei desamparado.

Eu também era assunto na reunião dos professores. Eles recebiam ligações de pais reclamando sobre como, apesar de não agir de maneira visivelmente esquisita, minha presença estava perturbando a turma. Os professores não entendiam bem a minha situação. Alguns dias depois, Doutor Shim foi à escola e teve uma longa reunião com a professora responsável. Naquela tarde, eu e ele jantamos em um restaurante chinês, *jjajangmyeon* entre nós. Quando já tínhamos quase terminado de comer, Doutor Shim foi direto ao ponto, depois de ficar enrolando durante um tempo, basicamente sugerindo que aquela escola podia não ser o melhor lugar para mim.

— Você está dizendo que eu deveria sair da escola?

Ele balançou a cabeça.

— Ninguém pode te dizer para fazer isso. O que quero dizer é: você acha que consegue aguentar esse tipo de tratamento até se tornar maior de idade?

— Não me importo. Você sabe disso, se Mamãe lhe contou sobre mim.

— Sua mãe não aprovaria que você fosse tratado desse jeito.

— Mamãe queria que eu vivesse uma vida normal. Mas, às vezes, fico confuso com o que isso realmente significa.

— Talvez signifique viver uma vida comum?

— Comum... — balbuciei.

Ser como os outros. Ser uma pessoa comum, sem passar por suplícios terríveis. Ir à escola, me formar e, com sorte, ir para a faculdade e conseguir um trabalho qualquer, conhecer uma mulher que eu gostasse e me casar, ter filhos... coisas assim. Em outras palavras, não chamar atenção.

— Pais começam com grandes expectativas para seus filhos. Mas, quando as coisas não acontecem como o esperado, só querem que seus filhos sejam pessoas comuns, supondo que isso é simples. Mas, rapazinho, ser uma pessoa comum é a coisa mais difícil de se conseguir — disse ele.

Pensando bem, minha avó também devia ter querido uma vida comum para a filha dela. Mas Mamãe não teve uma. Doutor Shim estava certo — ser uma pessoa comum era seguir o caminho mais complicado. Todo mundo pensa que "normal" é fácil e coisa e tal, mas quantos realmente se encaixariam no dito "caminho tranquilo" que aquela palavra sugeria? Com certeza era bem mais difícil para mim, alguém que já não nasceu normal. Aquilo não queria dizer que eu era extraordinário. Eu era só um garoto estranho perdido em algum ponto entre essas duas coisas. Então decidi tentar. Me tornar uma pessoa comum.

— Quero continuar indo à escola.

Aquela foi a decisão a que cheguei naquele dia. Doutor Shim assentiu.

— O problema é *como*. Meu conselho para você é este: lembre-se de que cérebros crescem. Quanto mais você usá-lo, melhor ele se torna. Se você usá-lo para o mal, cultivará um cérebro mau, mas se usá-lo direito, terá um cérebro bom. Ouvi dizer que certas partes de seu cérebro são fracas. Mas você pode fortalecê-las praticando.

— Eu *tenho* praticado muito. Assim.

Puxei os cantos da boca para cima. Mas eu sabia que meu sorriso não se parecia com o das outras pessoas.

— Por que não conta à sua mãe sobre isso?

— Sobre o quê?

— Que você está no nono ano, e que a escola é boa. Ela adoraria ouvir.

— Não é necessário. Ela não consegue ouvir nada.

Doutor Shim não falou mais. Nem eu saberia o que responder depois do que eu disse.

26

Longos rastros de chuva deslizavam pela janela. Era chuva de primavera. Mamãe costumava amar a chuva. Dizia que gostava do cheiro. Agora, já não podia mais ouvi-la ou cheirá-la. O que tinha de tão especial no cheiro, afinal? Provavelmente era só o estranho fedor que a água de chuva tinha, subindo do asfalto seco.

Sentei-me ao lado de Mamãe, segurando suas mãos. Sua pele estava bem áspera, então passei creme hidratante com cheiro de rosas em suas mãos e bochechas. Saí e peguei o elevador para o refeitório. Conforme ele se abria, vi um homem parado do lado de fora.

Era o homem que, mais tarde, me apresentaria a um monstro. Arrastando *o menino* para a minha vida.

* * *

Era um homem de meia-idade, com cabelo grisalho, vestindo um terno fino, mas seus ombros estavam caídos, e lágrimas brotavam em seus olhos pálidos. Poderia até ser bonito, não fosse por sua expressão sombria. Seu rosto estava carregado e abatido.

Seus olhos tremeram quando me viram. Eu tive o pressentimento de que o veria de novo em breve. Bom, a palavra "pressentimento" não combinava muito comigo. Tecnicamente, não *senti* aquilo.

Embora, pensando melhor, pressentimentos normalmente não sejam sentidos de maneira aleatória. O cérebro inconscientemente classifica suas experiências diárias baseado em condições ou resultados e mantém um registro crescente delas. E, quando se depara com uma situação parecida, você inconscientemente adivinha a conclusão por essas informações. Então, um pressentimento é, na verdade, uma ligação causal. Assim como quando, ao colocar frutas em um liquidificador, você sabe que irá obter suco. A maneira como ele me olhou me deu esse tipo de pressentimento.

Depois disso, sempre encontrava com ele no hospital. Toda vez que sentia o olhar de alguém em mim no refeitório do hospital ou no corredor e olhava em volta, era sempre ele. Parecia querer dizer algo, ou talvez só estivesse me observando. Quando ele visitou minha livraria, eu o cumprimentei como se não estivesse surpreso.

— Olá.

Ele assentiu de leve e deu uma olhada nas prateleiras. Seus passos eram pesados. Passou pela seção de filosofia e se demorou na de literatura antes de pegar um livro e se aproximar do balcão.

Havia um sorriso em seu rosto, só que ele não me olhava nos olhos. Mamãe havia me dito que isso queria dizer "ansiedade". Ele perguntou o preço, empurrando o livro na minha direção.

— Um milhão de wons, por favor.

— Uau, é mais caro do que eu pensava — disse ele, folheando as páginas para lá e para cá. — Vale tudo isso? Não é sequer a primeira edição. E é, tecnicamente, uma tradução, então ser a primeira edição nem valeria de muita coisa.

O livro era *Demian*.

— É um milhão de wons.

Era o livro de Mamãe. Ficava em sua estante desde que eu estava no fundamental. O livro que a havia inspirado a se tornar uma escritora. Eu não ia vendê-lo. Que coincidência que, em meio a todos os outros livros, ele o houvesse escolhido.

O homem respirou fundo. A julgar pelo seu queixo com barba por fazer, não devia se barbear há dias.

— Eu deveria me apresentar. Sou Yun Kwonho. Dou aula de administração na faculdade. Você pode procurar meu nome na internet. Não estou me gabando, só quero dizer que sou uma pessoa confiável.

— Eu me lembro de você. Eu te vi algumas vezes no hospital.

— Obrigado por lembrar — disse ele, a expressão se suavizando. — Me encontrei com seu guardião, Doutor Shim, e ele compartilhou comigo sua história trágica. Também ouvi dizer que você é um menino especial. Doutor Shim sugeriu que eu o encontrasse pessoalmente, então aqui estou. Na verdade, tenho um favor a lhe pedir.

— O que é?

Ele hesitou.

— Por onde começo...

— Você disse que precisava de um favor. Só me diga o que é.

— Você é mesmo bem direto, como me disseram. — Ele riu. — Ouvi dizer que sua mãe está doente. Minha esposa também está. Ela irá nos deixar em breve, talvez daqui a alguns dias...

Suas costas aos poucos se curvaram, como a de um camarão. Ele parou por um instante e continuou:

— Tenho duas coisas a pedir. Primeiro, eu adoraria se você fosse conhecer minha esposa. Segundo... — Ele respirou fundo novamente. — Você poderia fingir que é nosso filho? Não vai ser difícil. Você só precisa dizer algumas coisas que eu te pedir.

Era um pedido inusitado. Inusitado significava estranho. Quando eu perguntei o porquê, ele se empertigou e andou pela livraria. Parecia sempre precisar de tempo antes de dizer alguma coisa.

— Nosso filho desapareceu há treze anos — disse ele. — Fizemos tudo que podíamos para encontrá-lo, mas falhamos. Tínhamos uma vida confortável. Voltei de um intercâmbio e me tornei professor bem jovem. Minha esposa também tinha uma ótima carreira. Nós pensávamos ter uma vida bem-sucedida até que perdemos nosso filho. Tudo mudou depois disso. Nosso casamento desmoronou e ela adoeceu. Tem sido difícil para mim. Ainda não sei por que estou lhe contando tudo isso, mas...

— E então? — perguntei, esperando que ele não continuasse falando por muito mais tempo.

— Um dia, recebi uma ligação de que podiam ter achado meu filho. Então fui me encontrar com ele... — Ele parou e mordeu o lábio por um instante. — Eu esperava que minha esposa pudesse ver seu filho antes de ser tarde demais. Quero dizer, seu filho ideal.

Ele enfatizou a palavra "ideal".

— Você encontrou seu filho, que acabou não sendo ideal?

— Isso eu não consigo responder. Veja, é difícil de explicar — disse ele, a cabeça abaixada.

— Então por que eu?

— Poderia dar uma olhada nisso?

Ele me mostrou um pedaço de papel, um panfleto de criança desaparecida. Tinha uma foto de um menino com cerca de três ou quatro anos. Ao lado dela, um retrato de como o garoto deveria se parecer agora. Bom, ele até parecia um pouco comigo. Não que tivéssemos os mesmos traços físicos, mas tínhamos um jeito parecido.

— Então o garoto que você encontrou não se parecia com esse?

— Bom, na verdade, parecia. Ele também deve parecer com você. Mas não está em condições de encontrar com a mãe. Por favor, eu lhe imploro. Você me faria esse favor, apenas desta vez? Eu poderia colocar sua mãe em um quarto melhor. Também posso pagar por uma cuidadora para ela. Vou tentar lhe ajudar com tudo que eu puder, se você precisar de mais alguma coisa.

Lágrimas brotaram em seus olhos. E, como sempre, eu disse que pensaria no assunto.

Ele não estava mentindo. Seu trabalho, sua família e a história trágica sobre seu filho perdido foram fáceis de achar na internet. Lembrei-me do que Vovó costumava dizer: "É bom ajudar os outros, se não há nada a perder." Quando ele veio no dia seguinte, aceitei a proposta.

Mas eu teria feito uma escolha diferente se tivesse conhecido Gon antes. Porque, ao fazer essa escolha, sem querer roubei para sempre algo que era dele.

27

O quarto dela estava decorado com um monte de flores diferentes. Lampadazinhas emitiam um brilho quente aqui e ali. Não era nada parecido com a ala de seis pacientes onde Mamãe estava. Parecia mais com um quarto de hotel dos filmes. A Sra. Yun devia amar flores. O cheiro delas me deu dor de cabeça. Até o papel de parede floral era nauseante. Pensei que não tínhamos permissão de trazer flores para o hospital, mas aparentemente havia exceções.

O Professor Yun colocou a mão em meu braço conforme nos dirigíamos até a cama. A Sra. Yun estava cercada de flores, como se deitasse em um caixão. Olhei mais de perto para seu rosto. Ela me lembrava daqueles pacientes em estado terminal dos filmes. Os raios de sol vindos da janela não eram o suficiente para iluminar a escuridão sobre suas feições. Ela estendeu os braços magérrimos na minha direção, as mãos tocando minhas bochechas. Elas estavam sem vida.

— É você, Leesu. Meu filho. Meu amor. Depois de todos esses anos...

Lágrimas escorreram pelo seu rosto. Fiquei surpreso que ela tivesse a energia para chorar. Conforme ela tremia, continuei pensando que seu corpo viraria pó e desapareceria.

— Me desculpe, querido. Mamãe queria fazer um monte de coisas com você, de verdade. Queria viajar com você, comer com você, assistir a você crescer... As coisas não acabaram do jeito que eu queria. Mas ainda agradeço por ver que você cresceu tão bem. Obrigada, meu filho.

Ela disse "obrigada" e "desculpa" pelo que pareceu uma centena de vezes antes de chorar de novo. Então, forçou um sorriso. Durante os trinta minutos dessa cena, ela ficou segurando minhas mãos e afagando minhas bochechas. Parecia estar gastando toda sua energia restante exclusivamente em mim.

Não falei muito. Quando ela parou de falar e o Professor Yun me lançou um olhar, eu disse o que havia sido instruído a dizer. Que fui criado por uma boa família, sem muitos problemas, e que agora viveria com o Papai e estudaria bastante. Então, por favor, que não se preocupasse. E sorri. Ela parecia ter se esgotado, já que suas pálpebras começaram a pesar.

— Posso te abraçar?

Aquelas foram suas últimas palavras para mim. Seus braços magros feito galhos me apertaram. Senti como se estivesse preso em uma armadilha da qual não conseguiria escapar. Ouvi seu coração batendo perto do meu. Aquilo queimava. Seus braços deslizaram pelas minhas costas. Ela só está dormindo, disse a enfermeira que estava por perto.

28

A Sra. Yun já fora uma repórter bem-sucedida. Seus artigos eram espirituosos e suas perguntas ousadas surpreendiam os entrevistados. Era forte e animada. Mas sempre havia uma sensação de culpa em seu coração, já que contava com babás para criar o próprio filho.

Naquele dia, ela havia tirado uma folga do trabalho por uma vez na vida para levar o filho ao parque de diversões. Só os dois. Ela entrou em um carrossel, segurando-o no colo. Era um passeio divertido em um dia ensolarado e radiante quando seu celular tocou. O filho queria ir ao carrossel de novo, mas ela o pegou pela mão e o tirou de perto dali, antes de atender a ligação. Foi um telefonema curto. Quando ela desligou e olhou em volta, seu menino não estava em lugar nenhum. Nem ao menos se lembrava de ter soltado a mão dele durante a chamada.

Não havia tantas câmeras de segurança naquela época como hoje, deixando muitos pontos cegos. A investigação policial continuou durante muito tempo, mas em vão. Os Yun fizeram tudo que puderam para encontrar o filho enquanto suas esperanças aos poucos se esvaíam. *Por favor, só mantenha nosso filho vivo e, se possível, em uma boa família*, eles rezavam, mas pensamentos horríveis os assombravam dia e noite.

A Sra. Yun constantemente se culpava, e percebeu que o sucesso que estivera perseguindo não era nada além de uma miragem. Aquele pensamento aos poucos a adoeceu. O Professor Yun igualmente a culpou pela perda do filho, porém, sendo um homem solitário, não queria perdê-la também. Mas fazia muito tempo desde a última vez que dissera a sua esposa que o filho deles voltaria.

Alguns dias antes de eu conhecer o Professor Yun, ele havia recebido uma ligação de um abrigo dizendo que eles talvez tivessem encontrado seu filho. Ele foi lá para vê-lo pela primeira vez em treze anos. Mas o menino que encontrou não estava nem de perto pronto para encontrar a mãe. Porque aquele menino era o Gon.

29

Talvez a Sra. Yun realmente tenha usado toda sua energia restante comigo. Ela entrou em coma no dia em que a visitei, e morreu alguns dias mais tarde. O Professor Yun me passou as notícias em uma voz baixa e quieta. Poucos poderiam compartilhar a morte de um ente querido como ele. Só pessoas como eu, cujo cérebro não funcionava direito, ou aqueles que já tivessem dado adeus em seus corações, como era o caso do Professor Yun.

    O funeral da Sra. Yun foi bem diferente do da minha avó. O da Vovó foi um funeral impessoal e coletivo, só eu de pé em frente ao seu retrato. Por outro lado, o da Sra. Yun me lembrou de uma reunião. Os convidados estavam todos de terno engomado. Seus cargos de trabalho e conversas poderiam ser descritos como "sofisticados". Eu os ouvi chamarem uns aos outros de professor, senhor, doutor e presidente várias vezes. Não fazia ideia de por que eu tinha ido ao funeral. Não precisava ir, mas fui. Talvez porque ela tivesse me abraçado tão apertado naquele dia.

A Sra. Yun parecia uma pessoa diferente no retrato. Com lábios vermelhos, cabelo cheio, bochechas roliças e olhos tão brilhantes quanto velas, parecia bem jovem. O retrato devia ter sido tirado quando ela tinha uns trinta anos. Por que aquela foto?

— Esta foto foi tirada antes de perdermos nosso filho. Não consegui encontrar nenhuma foto em que ela estivesse sorrindo desse jeito depois do incidente. Era o que ela queria — disse o Professor Yun, como se tivesse notado minha pergunta no ar.

Ofereci incenso e me curvei no altar do funeral. Ela tinha realizado seu desejo de encontrar o filho antes de morrer. Pelo menos, foi o que pensou. Será que teria ficado arrasada se soubesse da verdade?

Agora que meu trabalho estava feito, virei-me para ir embora quando de repente senti uma rajada de vento gelado. O frio instantaneamente se espalhou pelo lugar inteiro. Todo mundo ou calou a boca, como se tivesse sido acometido por um silêncio poderoso, ou congelou com a boca aberta. Como se seguindo a deixa, todos os olhos se voltaram para o mesmo lugar. O menino chegara.

30

O garoto magricela ficou parado, os punhos cerrados. Seus braços e pernas eram mais longos do que o tronco curto e robusto, um pouco como o Joe do quadrinho *Ashita no Joe*. Mas o corpo do garoto não era do tipo definido por se exercitar com frequência. Era mais como o de uma criança de um país de terceiro mundo que vi em um documentário. O tipo treinado para sobreviver, vasculhar em latas de lixo e implorar a turistas por um dólar. Sua pele escura não era viçosa. Abaixo de suas sobrancelhas, tão escuras quanto sombras, seus olhos cintilavam como pedrinhas pretas, olhando feio para todo mundo. Foram os olhos que silenciaram o salão. Ele era como um animal selvagem matando o próprio filhote primeiro e arreganhando os dentes para pessoas que não tinham a intenção de machucá-lo.

Ele cuspiu no chão. Como se cuspir fosse sua maneira de cumprimentar. Já tinha feito isso antes, quando o vi pela primeira vez. Na realidade, o funeral foi a segunda vez em que o encontrei.

Alguns dias antes, um aluno novo entrara na nossa turma. A professora responsável abriu a porta de correr da sala de aula, revelando um garoto magricela parado atrás dela. Ele cruzou os braços e se apoiou em um pé, um sinal que mostrava que não se sentia intimidado de forma alguma na frente de completos estranhos. A professora tropeçou e balbuciou como se fosse ela a aluna transferida, então pediu a Gon para se apresentar.

— Você não pode fazer isso por mim? — disse ele, mudando o peso para o outro pé.

Todo mundo caiu na gargalhada. Alguns deles exclamaram em apoio. A professora abanou as mãos diante do rosto corado.

— Este é Yun Leesu. Agora, por que não diz oi para seus colegas de turma?

— Bom... — Gon estalou o pescoço e pressionou a língua em uma bochecha e na outra. Ele sorriu de maneira afetada, virou a cabeça de lado e cuspiu. — Tudo na paz?

Todo mundo ficou mais animado. Mas alguns xingaram, o que normalmente faria a professora dar-lhes uma advertência ou levá-los para a sala dos professores. Só que, por algum motivo, ela só virou a cabeça, em silêncio. Seu rosto estava ainda mais corado, de tentar engolir as palavras que queria desembuchar. Uma hora depois da apresentação de Gon, ele foi embora da escola mais cedo.

Os outros começaram a fuçar a vida de Gon e, em meros trinta minutos, todo mundo na sala já sabia a lista de escolas que ele tinha frequentado.

Um colega nos contou o que ouvira de seu primo. Gon frequentara a escola desse primo antes da nossa, depois de cumprir sentença em um centro de detenção juvenil. O menino ligou para o primo. A pedido de todos, a chamada foi colocada em viva-voz. Todo mundo ficou em volta com um senso de solidariedade que não era visto havia anos. Alguns se sentaram nas mesas para ouvir melhor. Eu estava sentado longe, mas ouvi bem claramente:

— O cara é um pivete total. Deve ter feito de tudo, exceto matar alguém.

Alguém gritou para mim:

— Se deu mal, retardado. Seus dias estão contados.

Quando Gon abriu a porta de correr da sala de aula, no dia seguinte, todo mundo ficou em silêncio na hora. Ele desfilou até a mesa dele sem dizer uma única palavra. Os outros ou evitavam seus olhos ou enterravam as cabeças nos livros. Gon rompeu o silêncio, atirando a mochila no chão.

— Quem foi? — Ele devia ter adivinhado o que aconteceu no dia anterior. — Quem me dedurou, porra? Digam antes que seja tarde demais.

O ar estremeceu. Nossa fonte primária ficou de pé, tremendo.

— Eu, eu só... m-meu primo disse que te conhecia... — A voz dele se dissolveu.

Gon empurrou a bochecha com a língua algumas vezes.

— Valeu. Agora não preciso me apresentar. Esse sou eu.

E se atirou na cadeira.

No mesmo dia em que ouvi sobre a morte da Sra. Yun, Gon faltou à escola por causa da morte de um membro da família. Mesmo assim, não havia me ocorrido. Gon era o filho de verdade da Sra. Yun, que me tomara por seu filho.

31

Gon passou pela multidão para se curvar diante do retrato funerário da mãe. Nada em particular aconteceu. Ele seguiu o pai para queimar incenso, colocou um copo cheio de *soju* na bancada e se curvou de novo. Todos os seus gestos eram rápidos. Ele se curvou uma única vez antes de ficar de pé com um aceno brusco de cabeça. O Professor Yun empurrou gentilmente as costas de Gon, sugerindo que ele deveria se curvar mais uma vez. Mas Gon se desvencilhou dele e desapareceu.

    O Professor Yun pediu para que eu me sentasse e comesse antes de ir embora. A comida era parecida com os pratos que Mamãe fazia em feriados — *yukgaejang, jeon, kkultteok* e frutas. Não notei que estava tão faminto até ver que eu estava me empanturrando com tudo.

As pessoas não percebem o quanto conseguem ser barulhentas quando fofocam. Até mesmo quando tentam sussurrar, a fofoca sempre chega ao ouvido de alguém. Durante toda a refeição, histórias sobre Gon pairaram no ar. Que ele tinha chegado com dois dias de atraso porque não queria ter vindo, que tinha se metido em encrenca no momento em que foi liberado do centro, o quanto suas transferências escolares custaram, que outro menino estava fingindo ser o filho deles. Todas essas histórias me deram dor de cabeça. Só fiquei sentado em um canto, quieto, de costas para eles. Não sabia o porquê, mas, de alguma maneira, senti que tinha que ficar.

Conforme a noite caía e a maior parte dos visitantes ia embora, Gon voltou. Ele se aproximou de mim, me fuzilando com os olhos como se estivesse me marcando. Ele se sentou à minha mesa, o olhar ainda fixo em mim. Bebeu duas tigelas de *yukgaejang* em um só gole, sem dizer uma única palavra antes de limpar a boca.

— Você é o filho da puta que tomou meu lugar como o filho deles?

Eu não tive que responder, porque ele continuou:

— Se prepara para encrenca. Quem sabe, talvez, seja divertido.

Ele sorriu e foi embora. O dia seguinte foi o verdadeiro início.

32

Gon sempre tinha dois garotos em volta dele. Tinha o magrelo, que agia feito seu assistente, repassando qualquer coisa que Gon tivesse a dizer para os outros. E tinha o grandão, cujo trabalho era claramente mostrar a força deles. Os três não pareciam ser próximos. Eles tinham se juntado por um acordo ou objetivo em comum, em vez de amizade.

De qualquer forma, Gon iniciou um novo hobby, que era fazer bullying comigo. Ele saltava na minha frente do nada, como um daqueles brinquedos que pulam de uma caixa. Esperava na frente do refeitório para me dar um soco ou se escondia no final do corredor para me fazer tropeçar. Toda vez que ele executava um de seus planinhos, dava altas risadas, como se tivesse recebido um enorme presente, enquanto seus subordinados o acompanhavam de maneira desajeitada.

Durante isso tudo, eu não reagi. Mais e mais colegas ficavam com medo de Gon e com pena de mim. Mas ninguém o dedurou. Talvez porque estivessem preocupados em virar seus próximos alvos, porém, mais provavelmente porque eu não mostrava nenhum sinal de precisar de ajuda. O consenso parecia ser: *Vamos ver o que rola entre esses dois esquisitões.*

A reação que Gon queria de mim era óbvia. Lidei com garotos como ele no ensino fundamental; que se alegravam ao assistir os fracos sofrerem, que queriam que os que sofriam bullying chorassem e implorassem para que parassem. Eles normalmente conseguiam o que queriam por meio da força. Mas uma coisa de que eu tinha certeza era que, se Gon quisesse ver uma mudança de expressão de minha parte, seria impossível. Quanto mais ele tentasse, mais se desgastaria.

Pouco depois que o bullying começou, Gon pareceu perceber que eu não era um alvo fácil. Continuou a me atormentar, mas não parecia mais tão confiante quanto antes.

— Será que está amarelando? Ele parece bem nervoso — sussurravam os outros pelas costas de Gon.

Quanto mais eu não esboçava reação, e quanto mais tempo eu passava sem pedir ajuda, maior ficava a tensão na sala de aula.

Gon deve ter se cansado de me fazer tropeçar ou dar tapas atrás da minha cabeça, porque anunciou que ia acabar comigo de uma vez por todas. Assim que a professora liberou a turma e foi embora, o lacaio magrelo correu até o quadro-negro e começou a rabiscar algo. Em letras tortas, escreveu:

Amanhã depois do almoço. Na frente do incinerador.

— Eu te avisei — gritou Gon de maneira pomposa. — É por sua conta agora. Se eu te vir lá, vou te derrubar. Se não aparecer, vou entender que você amarelou, e não vou te incomodar mais. Se for mesmo aparecer, esteja preparado.

Sem responder, fiquei de pé e joguei minha mochila sobre os ombros.

Gon arremessou um livro nas minhas costas.

— Me ouviu, cuzão? Eu falei: fica fora do meu caminho ou vou acabar com você.

Gon estava enfurecido, o rosto ficando ainda mais vermelho de ter que conter sua raiva.

— Por que preciso ficar fora do seu caminho? Eu só vou seguir o meu, como sempre. Se você não estiver lá, não te verei. Se estiver, verei.

Saí da sala de aula enquanto ele me fuzilava. Tudo que consegui pensar era que Gon estava fazendo bullying consigo mesmo de uma maneira exaustiva.

33

No dia seguinte, a escola inteira tinha ouvido sobre o confronto entre Gon e eu. O campus já estava barulhento de manhã. As conversinhas ocasionais indicavam o que se seguiria durante a hora do almoço. Alguém disse: "Cara, a hora não passa." Outra pessoa disse: "Você acha que o Seon Yunjae vai mesmo encontrar com ele?" Alguns apostavam em quem venceria. Eu me concentrei na aula como se nada estivesse acontecendo. Para mim, o tempo passou como de costume, nem rápido nem devagar. E aí o sinal tocou para sinalizar o intervalo do almoço.

Ninguém se sentou ao meu lado no refeitório, o que era normal, até eu terminar meu lanche e me levantar para ir embora. Alguns colegas começaram a me seguir. Conforme eu andava, o grupo às minhas costas ficava maior. Fui até a saída. O atalho para a sala envolvia passar pelo incinerador. Fui me arrastando. E lá estava ele, Gon, sem seus subordinados. Estava chutando o tronco de uma árvore ali perto e parou quando me notou. Eu consegui vê-lo fechar os punhos de longe. Conforme a distância entre nós diminuía, o grupo atrás de mim se dispersou, um por um, feito poeira.

A expressão no rosto de Gon era meio vaga. Ele estava com os lábios apertados demais para parecer zangado, mas seus olhos estavam virados demais para cima para parecer triste. Eu não fazia ideia de como ler seu rosto.

— Ele com certeza tá com medo, que amarelão, Yun Leesu! — gritou alguém.

Eu estava a apenas alguns passos de Gon, mas continuei andando, firme como sempre. Eu ficava com sono depois do almoço, então meu único pensamento era tirar uma soneca no fundo da sala. Antes que eu percebesse, tinha passado por Gon como se ele fosse mera parte da paisagem. Ouvi os garotos gritarem *Uau* antes de sentir um leve choque na parte de trás da cabeça. Ele deve ter errado por pouco, porque não machucou. Mas antes que eu pudesse me virar, um chute me derrubou.

— Eu disse. Vaza. Do. Meu. Caminho! — Para cada palavra, ele me chutava e meu corpo estremecia. — Você. Merece!

Os chutes se tornaram cada vez mais fortes. Eu já estava deitado no chão, gemendo, sangue escorrendo da minha boca. Ainda assim, jamais conseguiria dar-lhe o que ele queria.

— Qual é a porra do seu problema, seu cuzão? — gritou ele, quase chorando.

A multidão nos observando começou a murmurar. *Ei, ele vai morrer, chama a professora!* Quando algumas vozes se sobressaíram ao murmúrio, Gon virou-se para elas.

— Quem disse isso? Não falem pelas minhas costas, seus covardes! Falem na minha cara! Cuzões! Qual foi!

Gon começou a pegar qualquer coisa que estivesse no chão e a atirar neles. Uma lata vazia, uma vara de madeira e uma garrafa de vidro voaram pelo ar e se espatifaram. Os garotos correram, gritando. Isso era familiar. Vovó. Mamãe. As pessoas nas ruas naquele dia. Aquilo tinha que parar. Sangue escorria da minha boca. Eu cuspi.

— Pare. Eu não posso te dar o que você quer.

— O quê? — perguntou ele, com raiva.

— Eu preciso *atuar* para te dar o que você quer, o que é a coisa mais difícil para mim. É impossível. Então, por favor, pare agora. Eles estão agindo como se tivessem medo de você, mas na verdade estão rindo de você.

Gon olhou ao redor. Um minuto de silêncio se passou, como se o tempo tivesse parado. As costas dele se arquearam que nem a de um gato arisco.

— Merda, vão se foder! — Ele começou a gritar.

Toda palavra que saía de sua boca era obscena. Xingamentos, palavrões e a mais pura loucura que aquelas palavras não conseguiam expressar.

34

O nome verdadeiro de Gon era Leesu. Foi sua mãe que escolheu. Mas Gon disse que mal se lembrava de ser chamado de Leesu. Não gostava do nome porque soava fraco. Dentre os muitos outros nomes que tivera, seu favorito era Gon.

    A memória mais antiga de Gon era de pessoas que não eram seus pais falando alto em um idioma estranho. Ele não tinha ideia de por que estava ali. Barulho por toda parte. Ele estava com um casal de velhos chineses em uma periferia de Daerim-dong, onde o chamavam de Zhēyáng. Por alguns anos, ele nunca saía de casa. Era por isso que não havia registros do início de sua infância.

    Então o casal de velhos desapareceu depois de uma inspeção imigratória repentina, mandando Gon para um lar adotivo após o outro, antes de ele se estabelecer em um abrigo para crianças. Não conseguiram encontrar seus pais biológicos porque todo mundo na cidade pensou que Gon fosse neto do casal de velhos, e, além do mais, não havia registros oficiais de o casal voltar para a China.

Depois de ficar no abrigo por um tempo, Gon foi mandado para morar com um casal sem filhos. Eles o chamaram de Donggu. Não tinham muito dinheiro e, dois anos depois, quando o casal teve um filho biológico, rapidamente colocaram Gon para adoção. Ele voltou para o abrigo, onde se meteu em umas encrencas que o levaram a entrar e sair do centro de detenção juvenil. Foi no abrigo Centro da Esperança que ele criou o nome Gon para si.

— Você sabe as letras *hanja* dele? — perguntei.

— Não, eu não sou ligado nessas merdas complicadas. Só o inventei.

Ele sorriu.

Típico Gon. Dentre seus muito nomes — Zhēyáng, Donggu e Leesu — também achava que Gon era o mais "Gon" de todos.

O incidente do incinerador resultou em uma suspensão de uma semana para Gon. Quem sabe o que poderia ter acontecido se a professora não tivesse chegado bem a tempo? O Professor Yun foi chamado naquele dia para se encontrar com o Doutor Shim, que ficou furioso com sua voz baixa, porém fervorosa, e se arrependeu de ter deixado o Professor Yun se aproximar de mim, para começo de conversa. O conselho escolar advertiu o Professor Yun de que, se o comportamento de Gon permanecesse o mesmo depois da suspensão, eles teriam que o transferir para outra escola. Ele baixou a cabeça.

Alguns dias mais tarde, eu estava sentado de frente para Gon em uma pizzaria. Seus olhos já não me encaravam. Talvez porque o Professor Yun estivesse ao seu lado. Eu soube mais tarde que ele deu uma surra em Gon pela primeira vez, depois de saber o que tinha acontecido no incinerador. Ele não era um homem violento, então tudo que fez foi atirar na parede uma xícara que estava segurando e açoitar algumas vezes as panturrilhas de Gon. Mas aquilo deixou uma marca de longa data em sua autoimagem como um intelectual, distanciando-o ainda mais de seu filho.

Como será que era ser surrado pelo pai com o qual você havia se reunido depois de uma dezena de anos, antes mesmo de terem a chance de conhecerem um ao outro?

De acordo com o Doutor Shim, o Professor Yun era um homem de princípios. Um homem que absolutamente odiava causar problemas para os outros, a ponto de não conseguir suportar a ideia de sua própria carne e sangue indo completamente contra sua obstinada filosofia. Mais do que se lamentar por Gon, ele estava zangado pelo fato de que o filho que esperara por tanto tempo acabara se revelando tão problemático. Então, escolheu bater nele e se desculpar com os outros repetidamente. Ele se desculpou com os professores, com os colegas de sala de Gon e comigo.

Foi como forma de desculpas que arranjou aquele jantar na pizzaria, pedindo o prato mais caro. O Professor Yun, com as mãos delicadamente entrelaçadas sobre os joelhos, disse a mesma coisa repetidamente, como se quisesse que Gon ouvisse em seu âmago, a voz tremendo, seus olhos mal encontrando os meus.

— Eu sinto muito por ter lhe causado isso. É tudo culpa minha...

Beberiquei minha Coca com o canudo, aos pouquinhos. Não parecia que ele ia terminar de falar tão cedo. Quanto mais falava, mais duro ficava o rosto de Gon. Meu estômago estava roncando, e a pizza na mesa estava ficando fria e velha.

— Você pode parar agora. Não estou aqui pelas suas desculpas. É Gon quem tem que fazer isso. Mas você teria que nos deixar sozinhos para que ele fizesse isso.

Os olhos do Professor Yun se arregalaram de surpresa. Gon também ergueu os dele.

O Professor Yun hesitou.

— Se eu caminhar um pouco por aí, você vai ficar bem?

— Sim. Eu te ligo se algo acontecer.

Hmf. Gon ergueu o canto dos lábios.

O Professor Yun tossiu seco algumas vezes e aos poucos ficou de pé para sair.

— Tenho certeza de que Leesu sente muito, Yunjae.

— Tenho certeza de que ele pode falar por si mesmo.

— Muito bem. Por favor, aproveitem o jantar. Me ligue sem falta se algo acontecer.

— Pode deixar.

O Professor Yun colocou a mão devagar no ombro de Gon antes de sair do restaurante. Gon não reagiu na hora, mas, assim que o pai foi embora, ele limpou o ombro.

35

A Coca borbulhou. Gon soprava nela com o canudo, os olhos fixos em um lugar do lado de fora da janela. Os carros estavam passando, como sempre. Bem em frente à moldura do vidro estava um pimenteiro de metal prateado. Seu formato arredondado refletia o entorno como uma grande lente angular. E ali estava eu, no centro. Coberto de calombos e machucados, meu rosto parecia o de um boxeador que havia acabado de perder uma luta. Gon encarava meu reflexo no pimenteiro. Ali, nossos olhos se encontraram.

— Você tá todo fodido — disse ele.

— Graças a você.

— Você realmente acha que eu me desculparia?

— Não me importo.

— Então por que pediu que ele nos deixasse sozinhos?

— Seu pai fala demais. Eu só queria um pouco de silêncio.

Gon bufou como se estivesse tentando disfarçar uma risada com uma tosse.

— Então, seu pai te bateu?

Eu não tinha muito o que dizer, por isso perguntei na lata o que estivera na minha mente. Deve ter sido uma maneira inapropriada de quebrar o gelo, já que os olhos de Gon se arregalaram.

— Quem te disse isso?

— Seu pai.

— Cala a boca, filho da puta. Eu não tenho pai.

— Você não pode mudar o fato de que ele é seu pai.

— Tá a fim de mais encrenca? Eu mandei você calar a boca.

Gon apanhou o pimenteiro. Ele o apertou com tanta força que as pontas de seus dedos ficaram brancas.

— Por quê? Você quer me bater mais uma vez? — perguntei.

— Algum motivo para eu não querer?

— Não, só perguntei para poder me preparar.

Gon pareceu desistir, puxando seu copo de Coca para mais perto de si. Ele soprou mais bolhas. Eu o imitei. Gon mordeu um pedaço de pizza, mastigou quatro vezes e engoliu. E aí, delicadamente, tossiu. Copiei aquilo também. Mastigar a pizza quatro vezes e dar uma tossida.

Gon me encarou feio. Ele finalmente percebeu que eu o estava imitando.

— Cuzão — murmurou ele.

— Cuzão — repeti.

Gon torceu os lábios da esquerda para a direita e me viu fazer o mesmo. Ele fez uma cara estranha e cuspiu palavras aleatórias como "pizza", "cocô", "banheiro", "vai pro inferno". Eu o imitei, exatamente como um palhaço ou um papagaio. Até copiei o número de vezes que ele respirou.

Conforme nossa brincadeira esquisita de espelho continuou, Gon ficou sem ideias. Ele parou de rir e levou mais tempo para inventar expressões ou ações difíceis. Não me importei e continuei copiando-o, até o som de *pfpfpf* que ele fez e os tiques sutis de suas sobrancelhas. Minha mímica persistente parecia atrapalhar suas ideias "criativas".

— Já chega.

Mas não parei.

— Já chega — repeti depois dele.

— Mandei parar, seu cuzão.

— Mandei parar, seu cuzão.

— Acha isso engraçado, boiola?

— Acha isso engraçado, boiola?

Gon parou e começou a batucar os dedos na mesa. Quando o copiei, ele parou imediatamente. Silêncio. Ele me encarou feio. Dez, vinte segundos se transformaram em um minuto. Ele se endireitou e eu também.

— Quer saber...

— Quer saber...

— Você ainda me imitaria se eu virasse a mesa e jogasse todos os pratos?

— Você ainda me imitaria se eu virasse a mesa e jogasse todos os pratos?

— E você ainda me imitaria se eu pegasse um prato quebrado e apunhalasse todo mundo aqui até a morte, seu filho da mãe?

— E você ainda me imitaria se eu pegasse um prato quebrado e apunhalasse todo mundo aqui até a morte, seu filho da mãe?

— Ok.

— Ok.

— Lembre-se. Você que começou.

— Lembre-se. Você que começou.

— Se você parar, você é um escroto, tá me ouvindo?

— Se você parar, você é um escro...

Mas antes que eu pudesse terminar a frase, ele derrubou toda a comida. Gritou para a multidão, esmurrando a mesa.

— Pro que é que estão olhando, seus arrombados? Aproveitando o jantar, né? Encham as panças, seus merdas!

Ele atirou em todas as direções a pizza e os vidros de molho que conseguia pegar. A pizza aterrissou no sapato da mulher sentada do outro lado da nossa mesa; o molho respingou sobre a cabeça de uma criança.

— Por que não está me copiando agora, seu escroto?! — gritou ele para mim, enfurecido. — Você que começou, o que está te impedindo agora, hein?

Um garçom veio às pressas e disse "Por favor, pare", mas foi inútil. Gon ergueu o braço como se fosse bater nele. Alguns clientes começaram a tirar fotos com os celulares enquanto outro garçom ligava urgentemente para algum lugar.

— Eu disse, me imita, seu filho da puta — gritou Gon de novo, mas eu já estava saindo do restaurante.

Liguei para o Professor Yun, como tinha prometido. Ele apareceu antes de o telefone tocar. Devia estar de prontidão em uma esquina ali perto para o caso de uma emergência. Ele foi direto para dentro. Assisti à confusão no restaurante pela janela. Os ombros trêmulos do Professor Yun, sua mão grande dando tapas na bochecha de Gon, repetidamente. Suas mãos apertando a cabeça de Gon, chacoalhando-a com força. Me virei para ir embora. Não era agradável de se olhar.

Eu estava com fome, pois mal tinha comido a pizza. Passei em uma lanchonete perto da estação de metrô e devorei uma tigela de *udon*. Então, fui ver Mamãe. Ela estava adormecida, como sempre. Seu tubo de urina estava pendurado para fora da garrafa debaixo da cama. Gotas amarelas caíam uma a uma. Chamei a enfermeira para resolver aquilo. O rosto de Mamãe estava oleoso. Ela teria ficado chocada de ver a si mesma em um espelho. Limpei seu rosto com um disco de algodão molhado com tonificante e apliquei um creme hidratante com batidinhas.

Andei até em casa. Era uma noite silenciosa. Peguei um livro com uma história típica de alguém que largou o ensino médio e estava retornando ao lar. Ele diz que quer ser um apanhador e proteger crianças num campo de centeio. A história termina com ele vestindo um casaco azul, observando sua irmã mais nova, Phoebe, andar em um carrossel. Eu meio que gostava do final inesperado, que foi o que me fez relê-lo várias vezes.

O rosto de Gon se sobrepunha às páginas que eu lia. Sua expressão quando seu pai agarrou sua cabeça. Mas não conseguia decifrar o que aquela expressão significava.

Recebi uma ligação do Professor Yun antes de dormir. Ele ficou fazendo pausas, dando espaço para suspiros profundos e silêncio. O ponto era que ele ia cobrir todas as minhas despesas médicas relativas ao incidente e garantiria que Gon nunca mais se aproximaria de mim.

36

Não existe pessoa que não possa ser salva. Existe apenas alguém que desiste de tentar salvar os outros. É uma citação de P.J. Nolan, um norte-americano acusado de assassinato que virou escritor. Ele foi condenado à morte por assassinar a enteada. Ele alegou inocência por todo o período em que esteve preso, durante o qual escreveu um livro de memórias. Mais tarde, o livro se tornou um best-seller, mas ele nunca viu aquilo com os próprios olhos — foi executado como planejado.

Dezessete anos depois de sua execução, o assassino de verdade se apresentou à polícia e P.J. Nolan foi oficialmente provado inocente. A pessoa que cometera o terrível crime contra sua filha fora o vizinho da casa ao lado.

A morte de P.J. Nolan foi controversa em muitos níveis. Se, por um lado, ele era inocente pelo assassinato de sua enteada, por outro, realmente tinha um histórico criminal sério de violência, assalto e tentativa de homicídio. Muitos diziam que ele era uma bomba-relógio e que, mesmo se tivesse sido absolvido, teria causado outros problemas mais cedo ou mais tarde. Enquanto o mundo julgava o homem, agora morto, como bem entendia, o livro de P.J. vendia feito água.

A maior parte de suas memórias era um relato explícito de sua infância carente e vida adulta enraivecida. Por exemplo, ele escreveu sobre a sensação de esfaquear alguém ou estuprar uma mulher. As descrições eram tão gráficas que alguns estados dos Estados Unidos chegaram a banir o livro. Ele escrevia de maneira prática, como se estivesse explicando como organizar compras na geladeira ou como cuidadosamente colocar papel em um envelope. *Não existe pessoa que não possa ser salva. Existe apenas alguém que desiste de tentar salvar os outros.* O que passava em sua cabeça quando ele escreveu essas palavras? Estava pedindo ajuda? Ou será que foi por puro ressentimento?

O homem que esfaqueou Mamãe e Vovó era como P.J. Nolan? Gon era? Ou melhor, *eu* era?

Eu queria entender o mundo um pouco melhor. Para fazer isso, precisava de Gon.

37

O Doutor Shim era sempre calmo, não importava o que eu dissesse, mesmo coisas que outras pessoas achariam chocantes. Ele permaneceu sereno quando contei sobre o que aconteceu com Gon também. Naquele mesmo dia, falei de mim mesmo em detalhes, pela primeira vez na vida. Contei sobre minha amídala naturalmente pequena, os níveis baixos de reação do meu córtex cerebral e o treinamento que Mamãe me dera. Ele me agradeceu por compartilhar tudo isso.

— Então, você não deve ter ficado com medo quando Gon te bateu. Mas você sabe que isso não significa que foi corajoso, certo? Deixe-me ser claro: não vou tolerar mais nada desse tipo a partir de agora. Também é responsabilidade minha. Em outras palavras, você deveria ter saído daquela situação.

Concordei. Era exatamente o que eu havia aprendido durante todo o treinamento de Mamãe. Mas quando não há treinador por perto, o jogador faz corpo mole. Meu cérebro havia simplesmente agido como de costume.

— É claro, é bom ter curiosidade sobre os outros. Só não gosto de que o objeto de sua curiosidade seja Gon.

— Normalmente, você me diria para não andar com Gon, certo?

— Talvez. Sua mãe teria dito isso. Com certeza.

— Eu quero saber mais sobre Gon. Isso é ruim?

— Você quer dizer que quer ser amigo dele?

— Como é que uma amizade funciona, no geral?

— Significa conversar cara a cara, assim. Comer juntos e compartilhar seus pensamentos. Passar tempo juntos sem um motivo em particular.

— Eu não sabia que era seu amigo.

— Não diga que não é. — Ele riu. — Enfim, parece clichê, mas um dia você vai encontrar as pessoas que está destinado a encontrar, não importa o que aconteça. O tempo dirá se sua relação com ele vai se tornar uma amizade.

— Posso perguntar por que você não está me impedindo?

— Eu tento não julgar as pessoas tão rápido. Todo mundo é diferente. Ainda mais na sua idade.

O Doutor Shim costumava ser um cirurgião cardiovascular em um grande hospital universitário. Ele fez muitas cirurgias, e os resultados eram ótimos. Mas enquanto estava ocupado olhando o coração de outras pessoas, o de sua esposa estava sofrendo. Ela falava cada vez menos, mas ele ainda não tinha tempo para cuidar dela. Um dia, finalmente saíram juntos em uma viagem que estavam combinando havia muito tempo, para um agradável destino turístico de frente para o mar azul. O Doutor Shim assistiu ao pôr do sol, bebericando uma taça de vinho branco, mas tudo em que conseguia pensar era no que precisava fazer quando voltasse ao trabalho. Ele adormeceu pouco antes de o sol afundar no oceano, mas acordou, no susto, com o som de um arquejo repentino. Viu sua esposa agarrando o peito, os olhos arregalados. Os impulsos elétricos do coração dela estavam completamente desordenados. Sem aviso, seu coração começara a bater quinhentas vezes por minuto. Aconteceu tão rápido que tudo que ele conseguiu fazer pela esposa foi ficar ao seu lado, chorando, apertando suas mãos, dizendo a ela para aguentar firme, que tudo ficaria bem.

Então as agitadas batidas do coração dela pararam completamente. Não havia eletrodos, e ninguém correu em seu socorro quando ele gritou "Código azul". O Doutor Shim continuou massageando freneticamente o coração dela, que já estava paralisado, feito um cirurgião amador. Quando a ambulância chegou, uma hora depois, o corpo dela estava frio e rígido. Foi assim que sua esposa o deixou para sempre, e o Doutor Shim não segurou um bisturi desde então. Tudo que conseguia fazer agora era refletir sobre o quanto a amara e quão pouco expressara seu amor. Ele não suportava abrir uma pessoa e ver um coração pulsando.

Eles não tiveram filhos, então o Doutor Shim ficou sozinho. Quando pensava na esposa, lembrava-se do delicioso aroma de seu pão. Ela sempre assava coisas para ele, e o gosto do pão era nostálgico. Despertava nele uma juventude há muito esquecida e trazia de volta pequenos e vagos fragmentos de memórias. Quando sua esposa estava viva, sempre havia pão recém-assado na mesa de manhã, sem falta. Então o Doutor Shim decidiu aprender a assar pães. Ele sentia que era o mínimo que podia fazer para honrá-la. Racionalmente, não fazia muito sentido. Para que fazer aquilo quando sua esposa já não estava mais ali para comer o pão?

Eu não sabia, mas o Doutor Shim e Mamãe aparentemente costumavam conversar bastante. Mamãe começou como sua inquilina e se tornou uma cliente frequente da padaria, onde eles batiam papos casuais. O que ela mais lhe dizia era para cuidar muito bem de mim até que me tornasse um adulto, caso algo acontecesse a ela. Mamãe raramente se abria com os outros sobre mim — tanto que fazia um esforço descomunal para manter minha condição em segredo. A Mamãe que compartilhava os detalhes de minha vida e os da dela com outra pessoa não era a Mamãe que eu conhecia. Foi um alívio saber que ela tinha alguém com quem conversar, afinal.

38

Pegando emprestada a descrição de Vovó, uma livraria é um lugar densamente populado por dezenas de milhares de autores, mortos ou vivos, morando lado a lado. Mas livros são silenciosos. Eles permanecem em silêncio até que alguém folheie uma página. Somente aí deságuam suas histórias, calma e completamente, sem nunca ir além do que eu posso aguentar por vez.

Ouvi um farfalhar entre as pilhas, ergui o olhar e vi um garoto magricela com uma camisa de gola levantada, se demorando de maneira acanhada antes de desaparecer atrás de uma estante. O machucado em formato de estrela em sua cabeça chamou minha atenção. Depois de um tempo, uma revista adulta foi jogada em cima do balcão. Na capa, uma mulher com uma juba cacheada e loira, seios grandes e uma jaqueta de couro preto que mal os escondia direito estava sentada em uma moto com as costas arqueadas e a boca ligeiramente entreaberta.

— Essa merda é muito velha. É tipo colecionar antiguidades. Quanto é?

Era Gon.

— Vinte mil wons. Antiguidades não são baratas, sabia?

Gon vasculhou os bolsos, resmungando, e atirou umas moedas e notas.

— Ei, você — disse ele, colocando um cotovelo no balcão e apoiando o queixo na mão. — Você é um robô, pelo que ouvi dizer. Sem emoções, né?

— Não completamente.

Ele fungou um pouquinho.

— Pesquisei um pouco sobre você. Mais especificamente, sobre o seu cerebrozinho maluco. — Ele cutucou a própria cabeça. Parecia cutucar uma melancia madura. — Faz sentido. Eu sabia que tinha algo errado com você. Estava ficando doido por nada.

— Seu pai me disse para ligar para ele se você se aproximasse de mim.

Os olhos de Gon automaticamente lampejaram.

— Não precisa.

— Eu deveria ligar. Eu prometi.

Peguei o telefone e, antes que me desse conta, Gon o tinha apanhado e atirado no chão.

— Cara, você é surdo? Falei pra não ligar. Não vou te machucar, tá bem?

Gon vagou pela livraria, fingindo dar uma olhada nos livros.

— Doeu quando eu te bati? — perguntou ele, em voz alta, de certa distância.

— É claro.

— Então robôs... se machucam mesmo.

— Bom... — Tentei falar, mas hesitei. Era sempre difícil explicar minha doença. Em especial agora que Mamãe, que costumava me ajudar nessa missão, havia partido. — Por exemplo, consigo sentir frio, calor, fome e dor. Caso contrário, não estaria vivo.

— É só isso que você consegue sentir?

— Cócegas também.

— Então se eu te fizer cócegas, você vai rir?

— Talvez. Não tenho certeza, não fazem cócegas em mim há anos.

Gon fez o som de um balão se esvaziando. Então parou na frente do balcão.

— Posso te perguntar uma coisa?

Dei de ombros.

— Então é verdade... que a sua avó morreu? — disse ele, os olhos evitando os meus.

— Sim.

— E sua mãe é um vegetal?

— Tecnicamente, sim, se você quiser colocar dessa maneira.

— E aconteceu na sua frente? Ela foi esfaqueada por um lunático?

— Sim.

— E você só ficou assistindo?

— Pensando bem, sim.

A cabeça de Gon se ergueu de um salto. Ele estava me encarando feio.

— Mas que idiota da porra. Como você pôde só ficar parado ali, assistindo enquanto sua mãe e avó morriam na sua frente? Você devia ter metido a porrada nele.

— Não tive tempo. Ele morreu logo em seguida.

— Eu sei. Mas mesmo se ele estivesse vivo, você não teria feito nada. Você não teria feito a menor diferença, seu covarde.

— Talvez seja verdade.

Ele balançou a cabeça para a minha resposta.

— Não te irrito falando assim? Nem sequer uma mudança na sua expressão. Você não pensa nelas? Na sua mãe e na sua avó?

— Eu penso nelas, sim. Sempre. Muito.

— Mas como é que você dorme de noite? Como você consegue ir à escola? Você assistiu a sua família inteira sangrar até a morte, porra.

— Você acaba só seguindo a vida. Tenho certeza de que outras pessoas também voltariam para suas vidas normais, comendo, dormindo e tudo o mais, embora talvez levassem mais tempo do que eu. Humanos são feitos para seguir em frente e continuar vivendo, afinal de contas.

— Porra nenhuma. Se eu fosse você, ficaria acordado todas as noites, de raiva. Na verdade, não consegui dormir nestes últimos dias depois de ouvir o que aconteceu. Se eu fosse você, teria matado aquele cara com minhas próprias mãos.

— Me desculpa por ter te causado insônia.

— Desculpa, é? Ouvi que você nem sequer derramou uma lágrima quando sua avó morreu. E você me pede desculpas? Você é um filho da mãe sem coração.

— Ótimo ponto. Eu fui treinado para pedir desculpas nas situações apropriadas.

Ele estalou a língua.

— É impossível te entender. Cara maluco.

— Tenho certeza de que todo mundo me enxerga desse jeito, embora não digam em voz alta. Era o que Mamãe costumava dizer.

— Seu idiota... — Ele calou a boca. Um momento de silêncio se passou, durante o qual eu analisei a conversa com Gon. Desta vez, eu puxei assunto.

— Por sinal, você parece ter um vocabulário limitado.

— O quê?

— A maior parte são palavrões, mas também são limitados. Ler livros vai te ajudar a expandir seu vocabulário. E aí você vai poder ter conversas melhores com as pessoas.

— Então robôs dão conselhos agora, não é? — Gon sorriu de maneira sarcástica. — Vou levar isso aqui. Passo aqui da próxima vez que estiver entediado. — Gon balançou a revista que havia escolhido e foi embora. Os peitos da mulher na moto balançaram também. Gon virou-se quando estava na porta. — Ah, e não esquenta a cabeça ligando praquele idiota que diz ser meu pai, porque tô indo pra casa agora.

— Sim, e espero que isso não seja uma mentira, porque eu não seria capaz de dizer, se fosse.

— Agindo feito um professor, hein? Só acredite em mim.

A porta se fechou com uma batida forte, empurrando uma rajada de vento para dentro da loja. Ela carregava um sutil cheiro de verão.

39

A pizzaria não fez reclamação com a escola. O Professor Yun devia ter pagado uma boa propina para eles. No colégio, apenas boatos sobre o incidente circularam. Tensão pairava no ar, mas depois de alguns dias todo mundo percebeu que nada mais iria acontecer. Gon manteve a cabeça baixa, não procurando o olhar de ninguém. Seus dois capangas passavam o tempo com outros grupos e não chegavam nem perto dele. No final, Gon acabou sentando-se para comer sozinho em um canto do refeitório e dormindo nas aulas em vez de ficar encarando feio as pessoas. Não levou muito tempo para que ele fosse rebaixado de encrenqueiro a zé-ninguém. Conforme Gon recebia menos e menos atenção, eu também passei a receber menos. O foco dos alunos estava sempre mudando para situações mais esquisitas e empolgantes. No momento, todo mundo estava falando sobre uma garota que havia passado na primeira rodada de um programa de talentos da televisão.

Oficialmente, de acordo com a forma como os colegas nos agrupavam, Gon e eu éramos "inimigos". Não estavam forçando a barra, dado nosso histórico. Então, por um acordo não verbal, nós nos ignorávamos na escola. Não conversávamos nem fazíamos contato visual. Éramos apenas dois dos componentes que formavam a escola, como pedaços de giz ou borrachas. Ninguém estava sendo verdadeiro ali.

40

— Porra, essa merda é artística demais para o meu gosto. Não consigo ver nada com essas roupas cobrindo tudo.

Gon colocou sobre o balcão a revista que comprara, resmungando consigo mesmo. Sua fala e comportamento eram quase os mesmos de antes, mas mais fracos, de alguma forma. Ele já não jogava livros no chão, e sua voz havia abaixado alguns decibéis. Estava de pé com as costas e os ombros retos.

Por algum motivo, Gon começou a passar ali toda noite para invadir a livraria. Em cada ocasião, a duração de suas visitas era diferente. Às vezes ele dizia algumas palavras sem sentido e ia embora, outras vezes olhava os livros em silêncio ou bebericava uma bebida de alguma lata. Talvez ele visitasse com tanta frequência porque eu não lhe perguntava nada.

— Lamento você não ter gostado. Mas nossa política não permite reembolso, a menos que um item esteja danificado desde o início. E você comprou já faz um bom tempo.

Pah, Gon disse em voz alta.

— Não estou dizendo que quero reembolso. Só não queria que ela ficasse no meu quarto, então trouxe de volta. Te paguei o valor pelo aluguel.

— É vintage, sabia? Tem admiradores fanáticos, eu acho.

— Acabei de ler um clássico? Então talvez eu devesse adicioná-lo à minha lista de leitura.

Ele riu da própria piada. Mas quando viu que eu não sorria, logo sumiu com o próprio sorriso do rosto. Rir junto era uma das encenações mais difíceis para mim. Eu podia forçar meus lábios a se contorcerem para cima, mas era o melhor que conseguia fazer. Era o tipo de sorriso tão forçado que poderia ser facilmente mal interpretado como um movimento sarcástico.

Meu problema em sorrir era o que havia me dado a reputação de ser uma criança fria desde o ensino fundamental. Até Mamãe desistiu, depois de se exaurir com a explicação repetitiva sobre a importância de um sorriso espontâneo na minha vida social. Ela propôs diferentes soluções. Sugeriu que eu fingisse não ter entendido ou prestado atenção. Mas, mesmo se eu fizesse isso, sempre se seguia um longo e constrangedor silêncio. Quanto àquela conversa com Gon, pensei ser desnecessário me preocupar com essas coisas, porque nós só continuamos a falar sobre clássicos.

— Foi publicado em 1995, então é tipo um avô das revistas. É uma edição rara. Nem todo mundo reconhece o valor, mas é um clássico de verdade.

— Então me dá outra recomendação. Outro clássico.

— Um clássico *nessa* categoria?

— Sim, um "clássico de verdade", como você falou.

Esse tipo de clássico normalmente era guardado em um lugar secreto. Levei Gon até a estante no canto. Tirei um livro da parte mais funda e empoeirada da prateleira. Era uma coleção de fotos pornográficas tiradas no fim da Dinastia Joseon. Um aristocrata abraçando uma *kisaeng* em diferentes posições. Eram fotos descaradas e explícitas, algumas realmente mostravam seus genitais. A única diferença da pornografia atual era que aquelas fotos eram em preto e branco, e os modelos vestiam *hanbok*.

Gon se sentou de pernas cruzadas em um canto assim que lhe dei o livro. Depois de virar a primeira página, sua boca se escancarou.

— Caramba, nossos ancestrais sabiam mesmo o que estavam fazendo. Que orgulho.

— O termo "orgulho" não é para ser usado com os mais velhos. Você realmente deveria ler mais livros, sabe.

— O caralho — disse Gon, virando a página. Ele examinava cada uma em detalhes. Engolia em seco com frequência, dava de ombros e remexia as pernas, como se seu corpo estivesse formigando. — Quanto custa?

— Muito. Muito mesmo. É uma edição especial. Na verdade, é a reimpressão de uma edição especial, para ser mais exato, mas ainda tem valor.

— Quem é que quer isto aqui?

— Pessoas que realmente sabem o valor de um clássico. Esta edição é muito rara, então só a venderei para um colecionador de verdade. É melhor você tomar cuidado com ela.

Gon fechou o livro e deu uma olhada nas outras revistas. *Penthouse, Hustler, Playboy, Sunday Seoul*. Eram todas edições raras e valiosas.

— Quem comprou tudo isso?

— Mamãe.

— Sua mãe tinha bom gosto. — Ele acrescentou: — É um elogio. Quero dizer, ela tem ótima mão para o negócio.

41

Gon estava errado. Mamãe era tudo, menos empreendedora. Todas as suas decisões — exceto as relacionadas a mim — foram estimuladas por romantização e emoção. Manter um sebo era a sólida evidência disso. Quando ela o abriu, debateu sobre o tipo de livros que estocaria. Mas nada de especial lhe vinha à mente. Então só imitou outros sebos e estocou livros técnicos, acadêmicos ou de cursinho, infantis e literários. Com o dinheiro que restasse, disse que compraria uma pequena máquina de café expresso. Livros e aroma de café eram a combinação perfeita, pelo menos na opinião dela.

— Máquina de café, até parece — bufou Vovó. Ela tinha um dom para irritar Mamãe com poucas palavras. Mamãe ficou furiosa que estivessem debochando de seu gosto elegante.

Vovó sequer piscou enquanto dizia em uma voz baixa: — Só arranje um pouco de safadeza para cá.

Pah, bufou Mamãe, e assim Vovó começou a exercitar suas habilidades de persuasão.

— Sabe, o melhor da arte de Kim Hongdo é *Chunhyangdo*. Tudo vira vintage quando o tempo passa. Quanto mais picante, mais caro! Tente achar esses — disse Vovó, e reiterou seu ponto original: — Máquina de café, até parece.

Mamãe seguiu o conselho de Vovó depois de matutar por alguns dias. Ela usou de todos os meios online a sua disposição para botar as mãos em algumas velhas revistas eróticas. Até fez uma transação em pessoa com um estranho na Estação Yongsan. Vovó e eu a acompanhamos para ajudar a carregar um fardo pesado de livros. O vendedor, um homem no fim dos quarenta, pareceu um pouco surpreso de ver duas mulheres e um adolescente, mas rapidamente pegou o dinheiro e foi embora. As revistas estavam atadas com uma corda, revelando as capas em cima. No caminho de volta, as pessoas no metrô dirigiam às revistas e a nós olhares engraçados.

— É claro que estão encarando, tem uma mulher pelada amarrada com corda. — Vovó estalou a língua.

— Não finja que você não tem nada a ver com isto. Foi ideia sua! — retrucou Mamãe.

Com mais negociações diretas, fomos capazes de adquirir algumas edições raras como a que Gon estava lendo agora. Depois de bater muita perna, completamos a "Coleção de Clássicos" de Vovó.

Infelizmente, a previsão dela havia errado o alvo. Alguns homens de meia-idade perambulavam pela seção de revistas adultas de vez em quando, mas, hoje em dia, as pessoas não precisavam sair da zona de conforto e comprar conteúdo erótico em uma loja. Havia muitas maneiras mais fáceis de acessar aquele tipo de entretenimento de casa sem o risco de passar vergonha. Seria raro ver alguém comprando livros eróticos de uma atendente feminina em um sebo no fim dos anos 2010. Exceto pela vez em que o dono de uma loja de discos usados comprou alguns para usar de decoração, os clássicos *daquela* categoria em particular nunca eram vendidos e ficavam enfurnados em um canto. Gon foi o primeiro cliente a comprar um volume em plena luz do dia.

42

Naquele dia, Gon comprou várias outras revistas sob o pretexto de "colecionar" os clássicos. Ele perguntou se poderia alugá-los, e reiterei que estávamos em uma livraria, não uma locadora.

— Ok, ok, cuzão. Vou devolvê-las, de qualquer maneira. Sem chance de eu guardá-las em casa.

Ele soou bem mais brando, apesar do xingamento. Depois de alguns dias, Gon voltou com as revistas. Continuei dizendo-lhe que não havia necessidade de devolvê-las, mas ele grunhiu: "Cala a boca e pega elas."

— Conservadoras demais. Não me admira que foram publicadas antigamente. Longe demais do que eu tô procurando — acrescentou.

Pensei que seria inútil insistir com ele, então aceitei as revistas. Percebi que algumas páginas tinham sumido. Outras até tinham buracos cortados no meio. A capa da revista dizia "Brooke Shields". Gon me encarou feio, constrangido.

— Esta era uma bem rara. Quase não tem mais nenhuma revista com a Brooke Shields na flor da idade — falei.

— Você tem mais das fotos dela?

— Quer ver? — perguntei, apontando para um computador no balcão.

Digitei "Brooke Shields auge" na ferramenta de busca. Centenas de fotos apareceram. Desde o início da carreira até o ápice de sua beleza. Gon ficou pasmo.

— Como é que um ser humano consegue ter essa aparência? — Ele clicou nas fotos dela uma por uma, boquiaberto, mas aí repentinamente deu um salto. — O que é isso?

A foto estava intitulada "Brooke Shields hoje". Com uns cinquenta anos, ela tinha rugas por todo o rosto. Se, por um lado, sua juventude havia se esvaído, sua beleza ainda permanecia. Mas Gon deve ter pensado diferente.

— Meu Deus. Isso é assustador. Agora minhas fantasias estão destruídas. Eu não devia ter visto isso.

— Não é culpa dela. Ninguém consegue parar o tempo, e as pessoas passam por muita coisa na vida.

— Quem é que não sabe disso? Nossa, você fala igual a um velho.

— Eu deveria me desculpar, então?

— Ah, cara, por que...? Por que, Brooke...? O que aconteceu com você...? Mano, por que você me mostrou isso? É tudo culpa sua.

Naquele dia, Gon descontou ora em Brooke, ora em mim, e então foi embora sem comprar nada.

Ele voltou dois dias depois.

— Então, eu estava pensando... — disse ele.

— Em quê?

— Ultimamente tenho dado uma olhada nas fotos da Brooke. Não nas velhas, nas mais recentes.

— Você veio até aqui para me dizer isso?

— Você anda passando dos limites.

— Não foi minha intenção, mas sinto muito que você tenha achado.

— Enfim, eu tenho dado uma olhada nas fotos dela e fiquei pensando.

— Sobre o quê?

— Sobre o destino e o tempo.

— Que surpresa ouvir você falar essas palavras.

— Aff, sabia que até quando fala as coisas mais simples você parece um babaca?

— Não sabia.

— Agora sabe.

— Sim, obrigado.

Gon caiu na gargalhada. *Hahahahaha.* Contei cinco "has" em um fôlego. Não entendi a piada. Mudei de assunto.

— Você sabia que chimpanzés e gorilas também riem?

— Dane-se, cara.

— E você sabia que a risada deles é diferente da dos humanos?

— Do que você tá falando? Se quer se exibir, vá em frente.

— Humanos conseguem rir muito em um único fôlego, mas os primatas só conseguem uma sílaba por fôlego. Tipo: *ha, ha, ha, ha.*

— Tenho certeza de que eles ficam com tanquinhos da hora — respondeu Gon com uma risada, desta vez de maneira mais sarcástica, o que ele interrompeu ao inspirar e expirar profundamente, como que para se acalmar.

Foi nesse momento que algo pareceu mudar entre nós. Agora, alguma coisa estava diferente.

— Então, o destino e o tempo. O que têm eles? — perguntei. Era estranho ter aquele tipo de conversa com Gon, mas não senti a necessidade de interrompê-la.

— Quero dizer... é difícil descrever... mas, tipo, será que a Brooke sabia quando era nova que ficaria velha desse jeito? Que acabaria completamente diferente? Você sabe dentro da sua cabeça que vai envelhecer e mudar, mas é meio difícil de imaginar, né? Acabei pensando nisso. Às vezes, as pessoas que te assustam, como aqueles sem-teto na estação de metrô murmurando para si mesmos, ou os mendigos que rastejam por aí porque perderam as pernas... eles deviam ser completamente diferentes quando eram mais novos, sabe?

— Siddhartha também teve uma realização parecida e saiu do palácio.

— Sid... quem? Já ouvi esse nome antes.

Fiquei sem saber o que dizer. Tentei pensar em alguma resposta que não o irritasse.

— Sim, ele é famoso.

— Enfim.

Minha resposta deve ter funcionado — ele não reagiu muito. Gon fitou ao longe e baixou a voz.

— Quero dizer, você e eu, talvez algum dia nos tornemos pessoas que nunca imaginamos que seríamos.

— Provavelmente. Para o bem ou para o mal. É a vida.

— Justo quando pensei que você era de boa, você vai e soa feito um babaca de novo. Nós dois temos uma mesma idade, sabe.

— É *a* mesma idade, não *uma*.

— Cala a boca. — Gon fingiu me bater. — Parece estranho, mas não sinto mais vontade de olhar para aquelas revistas velhas. Ficou chato. Me lembra de como tudo que é bonito uma hora desaparece. Não que um idiota feito você entenda.

— Interessante que você tenha perdido o interesse na Brooke Shields. Talvez eu possa te recomendar outro livro que te ajude.

— Qual? — perguntou ele, indiferente.

Eu sugeri *A arte de amar*, de um autor estrangeiro. Gon olhou o título e sorriu de maneira estranha. Ele o trouxe de volta alguns dias depois, me dizendo para parar com a palhaçada. Eu pensei que a recomendação tinha sido perfeita.

43

Antes que percebêssemos, era início de maio. Você se acostuma com as coisas até maio. A estranheza de um semestre novo acaba. As pessoas dizem que maio é a melhor época, quando tudo parece vibrante, mas não concordo. Passar do inverno para a primavera dá mais trabalho. O chão congelado derrete e mudas crescem. Flores coloridas desabrocham dos galhos mortos. É isso que é trabalho árduo. Quanto ao verão, ele só precisa avançar mais um pouco usando o embalo da primavera. É por isso que eu acho maio o mês mais preguiçoso de todos. Superestimado, até. É também quando me sinto especialmente diferente do resto do mundo. Tudo segue em frente. Tudo brilha. Só eu e minha mãe acamada ficamos presos em janeiro, sempre rígidos e cinza.

Eu só conseguia abrir a livraria depois da escola e, é claro, as vendas iam devagar. Lembro que Vovó costumava dizer: "Se os negócios não vão bem, feche o lugar." Eu varria a poeira e passava pano no chão todos os dias, mas, por algum motivo, o espaço que Vovó e Mamãe deixaram para trás aos poucos parecia se desgastar. Quanto tempo mais eu seria capaz de lidar com o vazio?

Um dia, enquanto eu estava limpando, derrubei uma dúzia de livros que estava carregando e cortei a ponta do dedo. Não era algo que acontecia sempre em um sebo úmido. Só tive má sorte porque o livro, por acaso, era uma enciclopédia com papel grosso e duro. Desatento, assisti às gotas de sangue pingarem no chão feito cera para carta.

— Mano. Você tá sangrando.

Era Gon. Nem ao menos o ouvi entrando, mas ele já estava ao meu lado.

— Não dói?

Com os olhos arregalados, Gon rapidamente pegou um lenço de papel e me deu.

— Estou bem.

— Merda nenhuma. Se tá sangrando, tá doendo. Você é mesmo tão idiota?

Ele parecia zangado. O corte devia ter sido mais profundo do que pensei. O lenço de papel já estava encharcado de vermelho. Gon enrolou outro lenço e segurou minha mão. Eu conseguia sentir os batimentos em meus dedos, pulsando forte com o seu aperto. Ele colocou pressão no corte até que o sangramento estancou.

— Não sabe como cuidar de si mesmo?

— Dói, mas dá para aguentar.

— Você estava jorrando sangue; chama isso de aguentar? Você é mesmo um robô, não é? É por isso que só fica aí parado, né? Não fez nada quando sua mãe e sua avó foram assassinadas na sua frente. Porque você é um robô. Seu idiota, nem passou pela sua cabeça que elas estavam machucadas, que você deveria ter impedido o cara, que deveria ter ficado zangado. Porque você não sente nada.

— Tem razão. Os médicos disseram que eu nasci assim.

Psicopata. Era como os garotos me chamavam desde o ensino fundamental. Mamãe e Vovó ficavam doidas por causa disso, mas até certo ponto eu achava que eles tinham razão. Talvez eu fosse mesmo um psicopata. Não me sentiria culpado ou confuso mesmo se machucasse ou matasse alguém. Nasci assim.

— Nasceu assim? — perguntou Gon. — Essa é a merda mais idiota que as pessoas dizem.

44

Alguns dias mais tarde, Gon foi até a livraria segurando um recipiente de plástico transparente. Dentro tinha uma borboleta que ele havia, de alguma forma, capturado. A caixa era pequena demais para a borboleta, então ela ficava batendo na lateral.

— O que é isso?

— Um treino de empatia — disse Gon, o rosto impassível.

Ele estava sério. Colocou a mão dentro da caixa com cuidado e apanhou a borboleta. Suas asas finas feito pétalas estavam presas nas mãos dele, ela se debatia desamparada.

— Como você acha que ela se sente? — perguntou ele.

— Acho que ela quer se mexer — respondi.

Gon ergueu a borboleta e, enquanto segurava uma asa em cada mão, começou a esticá-las aos poucos. As antenas da borboleta se curvaram para todos os lados, o corpo se contorcendo sem parar.

— Se está fazendo isso para me fazer sentir alguma coisa, você deveria parar.

— Por quê?

— Porque a borboleta parece estar sentindo dor.

— Como você sabe? Não está doendo em você.

— Dói quando alguém puxa seus braços. Sei por experiência própria.

Ele não parou. A borboleta se debateu ainda mais. Gon apertava suas asas, mas desviou o olhar.

— A borboleta *parece* estar sentindo dor? Não é o suficiente.

— E daí?

— Você deveria *sentir* como se doesse em você também.

— Por quê? Eu não sou a borboleta.

— Certo. Vamos continuar até que você realmente sinta alguma coisa.

Gon esgarçou mais as asas, os olhos ainda fixos em qualquer outro lugar.

— Para. É errado maltratar coisas vivas.

— Não me venha com uma dessas merdas que você leu. Eu disse que vou soltar ela se você realmente sentir alguma coisa.

Bem nessa hora, uma asa se rasgou. Gon deixou escapar um arquejo curto e agudo. A borboleta bateu a asa restante em vão, girando no lugar.

— Você não lamenta por ela? — perguntou Gon, furioso.

— Ela parece desconfortável.

— Não, não desconfortável, eu perguntei se você *lamenta*, porra.

— Para com isso.

— Não.

Gon procurou por algo no bolso, com pressa. Era uma agulha de costura. Ele a segurou perto da borboleta, que ainda girava no chão.

— O que está fazendo?

— Veja você mesmo.

— Para.

— Não desvie os olhos. Ou vou destruir este lugar. Está me ouvindo?

Eu não queria que a livraria fosse destruída e sabia que Gon era mais do que capaz de cumprir suas ameaças. Ele ficou posicionado sobre a borboleta como um sumo sacerdote antes de um ritual. Em um piscar de olhos, a agulha perfurou o corpo do inseto. A borboleta se agitou em silêncio, batendo a asa em desespero.

Gon me lançou um olhar raivoso. Ele mordeu o lábio e arrancou a asa restante. Não fui eu, mas Gon, que mudou de expressão. Suas sobrancelhas estavam visivelmente tremendo e ele mordia com força o lábio que, momentos antes, estivera curvado em um sorriso de desdém.

— E agora? Sente alguma coisa? Ainda só desconforto? É só isso que você tem? — perguntou ele, a voz falhando.

— Agora eu acho que dói bastante. Mas *você* parece desconfortável.

— É, eu não gosto desse tipo de coisa. Preferia matar de uma vez só, rápido e bem-feito. Não gosto de tortura lenta.

— Então por que está fazendo isso? Não posso te dar o que você quer.

— Cala a boca, cuzão.

O rosto de Gon estava contorcido. Me lembrava do dia em que ele me chutara na frente do incinerador da escola. Ele tentou fazer mais alguma coisa com a borboleta, mas não conseguia. Uma borboleta sem asas, girando com uma agulha presa no meio do corpo, não era mais uma borboleta. O inseto demonstrava dor com cada centímetro do corpo. Debatendo-se de um lado para outro, da esquerda para a direita, lutando por sua preciosa vida. Será que estava implorando para que parássemos ou dando seu melhor para sobreviver? Devia ser puro instinto. Nenhuma emoção, apenas instinto provocado por seus sentidos.

— Foda-se. Eu desisto!

Gon arremessou a borboleta ao chão e pisoteou-a com toda a força. *Pá, pá, pá.*

45

Um pontinho ficou no lugar onde a borboleta estivera. Esperava que tivesse partido para um lugar melhor. E desejei poder tê-la ajudado a evitar tal desconforto.

Acho que o que aconteceu naquele dia com a borboleta foi tipo uma competição de encarar. Um jogo simples. Se você fechar os olhos primeiro, você perde. Eu sempre ganhei nesses tipos de jogos. Outras pessoas tinham dificuldade para manter os olhos abertos, enquanto eu só não sabia como fechá-los, para início de conversa.

Fazia dias desde a última vez que Gon me visitara. Por que será que ele estava tão zangado comigo depois de fazer aquilo com a borboleta? Porque não reagi? Porque não o parei? Ou será que estava bravo consigo mesmo por ter feito o que fez? Havia apenas uma pessoa a quem eu poderia fazer essas perguntas.

* * *

O Doutor Shim sempre dava o melhor para responder minhas perguntas. Ele também era o único que me escutava falar sobre minha relação especial com Gon sem nenhum preconceito.

— Vou viver assim a vida toda, sem sentir nada? — perguntei, depois de devorar ruidosamente uma tigela de *udon*.

O Doutor Shim me comprava comida de vez em quando e parecia gostar de macarrão. Preferia pão ou macarrão. Ele engoliu o restante dos nabos em conserva e limpou os lábios.

— Essa é uma pergunta difícil. Mas direi o seguinte: em primeiro lugar, o fato de você se fazer essa pergunta é, por si só, um grande passo. Então, vamos continuar tentando.

— Tentando o quê? Você disse que tinha um problema inerente ao meu cérebro. Mamãe me alimentava com amêndoas todos os dias, mas isso não funcionou.

— Bom, em vez de comer amêndoas, estive pensando que valeria a pena tentar estímulos externos. O cérebro humano é, na verdade, mais burro do que você pensa.

O Doutor Shim disse que se eu continuasse inventando emoções, mesmo que elas fossem falsas, talvez as amendoazinhas do meu cérebro as interpretassem como reais, o que poderia afetar o tamanho ou a atividade das amídalas. E aí, talvez, eu me tornasse capaz de ler as emoções dos outros com um pouco mais de facilidade.

— Meu cérebro ficou parado pelos últimos quinze anos. Como é que agora ele poderia mudar de repente?

— Deixe-me dar-lhe um exemplo: uma pessoa que não tem talento para patinar provavelmente não se tornará a melhor patinadora, mesmo depois de praticar por meses a fio. Uma pessoa desafinada jamais cantará uma ária perfeita nem receberá aplausos. Mas, com prática, você pode pelo menos patinar de um jeito meio desajeitado ou acertar a nota de parte de uma música. É isso que a prática pode oferecer: milagres, assim como limitações.

Assenti devagar. Eu o entendia, mas não estava convencido. Será que aquilo poderia funcionar até para mim?

— Quando você começou a se fazer essas perguntas? — perguntou ele.

— Há alguns dias.

— Houve um motivo ou incidente específico?

— Bom, não. Fiquei pensando, tipo, em como não assisti a um filme que todo mundo assistiu. É claro que não me importo, mas, se tivesse assistido, então eu teria mais coisas para conversar com as pessoas.

— Você cresceu tanto. O que acabou de dizer sugere disposição para se comunicar com os outros.

— Talvez seja coisa da puberdade?

Doutor Shim riu.

— Por falar nisso, pratique suas emoções com algo divertido. Você é basicamente uma tela em branco. Melhor preenchê-la com coisas boas do que ruins.

— Vou tentar. Não sei como, mas é melhor tentar do que não fazer nada.

— Nem sempre é bom quando descobrimos novas emoções. Elas são um negócio complicado. De repente, você passa a ver o mundo sob uma perspectiva completamente nova. Todas as coisas ao redor podem parecer armas afiadas. Uma expressão sutil ou poucas palavras podem te irritar. Você é como uma pedra na rua. Não sente nada nem se machuca. Uma pedra não faz ideia de quando as pessoas a chutam. Mas imagine se ela sentisse todas as vezes que fosse chutada, pisada, rolada e desgastada todos os dias, como lidaria? Não tenho certeza se isso faz algum sentido para você... o que estou tentando dizer é...

— Ah, eu entendo. Mamãe costumava me dizer coisas parecidas. Embora eu saiba que ela só estava tentando me fazer sentir melhor. Ela era uma pessoa muito esperta.

— A maioria das mães é.

Doutor Shim sorriu.

— Posso te fazer uma pergunta? — indaguei depois de um instante.

— É claro. O que quer saber?

— Sobre relacionamentos, acho.

Doutor Shim caiu na gargalhada. Ele arrastou a cadeira para a frente e colocou os braços na mesa. Primeiro, falei sobre o incidente com a borboleta. Conforme eu contava a minha história, o Doutor Shim fechou os punhos. Mas assim que terminei, sua expressão havia se suavizado.

— Então, o que exatamente você quer saber? O porquê de ele ter reagido daquela maneira? Ou o que ele deve ter sentido?

— Bom, acho que os dois.

Doutor Shim assentiu.

— Parece que Gon quer ser seu amigo.

— Amigo — repeti, sem querer dizer nada com isso. — Você estraçalha uma borboleta se quer ficar amigo de alguém?

— Não, é claro que não — disse ele, unindo as mãos. — Mas parece que matá-la na sua frente feriu o orgulho dele.

— Por quê? Foi ele quem a matou.

Doutor Shim soltou um suspiro profundo. Rapidamente, acrescentei:

— Sei que não é fácil me ajudar a entender.

— Não, na verdade estava pensando sobre como eu poderia explicar de forma mais simples. É o seguinte: Gon está bastante interessado em você. Ele quer te conhecer e perceber as coisas que você sente. Mas, depois de ouvir sua história, parece que é sempre ele quem se aproxima primeiro, entre vocês dois. Que tal se, de vez em quando, fosse você a se aproximar dele?

— Como?

— Existem centenas de respostas para uma única pergunta neste mundo. Então é difícil lhe dar a correta. E o mundo é ainda mais enigmático na sua idade, quando você precisa procurar respostas por conta própria. Mas, se ainda quiser meu conselho, deixe-me responder propondo uma pergunta. O que Gon fazia com mais frequência para se aproximar de você?

— Me batia.

Doutor Shim deu de ombros.

— Desculpe, tinha esquecido. Vamos deixar isso de lado. Qual é a outra coisa que ele mais fazia?

— Hã... — Eu pensei por um tempo. — Me visitava.

Doutor Shim deu uma batidinha na mesa e assentiu.

— Parece que você encontrou uma resposta.

46

A empregada de Gon descascava uma maçã para mim enquanto eu esperava. Uma mulher roliça de olhos gentis e uma boca que lhe dava a impressão de estar sorrindo, mesmo quando não estava. Ela conseguiu descascar a maçã em uma única espiral, longa e contínua. Eu fiquei sentado, esperando em uma mesa de jantar no apartamento de um estranho com a maçã diante de mim. Quando a fruta já estava ficando marrom, Gon chegou. Ele pareceu surpreso em me ver, mas a empregada puxou conversa para tornar as coisas menos constrangedoras.

— Bem-vindo de volta, Gon. Seu amigo está aqui para te ver. Ele já está esperando há meia hora. Seu pai disse que chegará tarde em casa hoje. Você já comeu?

— Não, estou bem, obrigado — disse Gon, com uma expressão que eu nunca havia visto nele antes. Sua voz era educada, baixa e calma. Assim que a empregada desapareceu, Gon voltou ao seu eu rude de sempre. — O que você tá fazendo aqui?

— Nada, só passei para te ver.

Gon fez um bico. A empregada trouxe duas tigelas de sopa de macarrão. Ele devia estar faminto, já que começou a devorar o macarrão ruidosamente na mesma hora.

— Ela vem duas vezes por semana. Gosto dela. Pelo menos, é mais confortável tê-la por perto do que aquele cara que se diz meu pai — murmurou Gon.

Parecia que ele ainda não estava se dando bem com o pai. O apartamento deles era longe da escola. Uma cobertura limpa e luxuosa que ficava de frente para o rio Han e quase todos os patrimônios históricos de Seoul. Mas Gon disse que não sentia que estava vivendo tão nas alturas assim.

Fazia muito tempo desde a última vez em que ele e o pai haviam conversado. O Professor Yun esgotara toda sua energia no começo, tentando se conectar com Gon, e logo desistira. Suas aulas e seminários davam a ele uma boa desculpa para passar a maior parte do tempo fora de casa, então o abismo entre pai e filho continuava aberto.

— Aquele cara... nunca me perguntou como era minha vida antes. Ou onde morei. Ou sobre os amigos que fiz. Nunca quis saber sobre meus sonhos ou preocupações... Sabe qual foi a primeira coisa que ele fez depois que nos reencontramos? Me matriculou em uma escolinha esnobe em Gangnam. Acho que ele pensou que eu me comportaria bem, estudaria bastante e iria para uma boa faculdade. Mas no meu primeiro dia, percebi que não era o lugar para um fodido que nem eu. Eu não me encaixava. Estava escrito na cara de todos os colegas e professores. Então, fiz do lugar um inferno. É claro que a escola não aceitou. Me expulsaram depois de só alguns dias. — Ele riu de maneira sarcástica. — E aí aquele cara de alguma maneira conseguiu me transferir para a nossa escola. Pelo menos é uma boa escola de ciências humanas, então ele não passa vergonha. Mas, basicamente, tudo que fez foi despejar concreto na minha vida. Ele está tentando construir algo novo ao seu gosto, mas eu não sou esse tipo de pessoa...

Gon encarou o chão.

— Não sou filho dele. Sou só um lixo que surgiu no seu caminho por acidente. É por isso que ele não me deixou ver aquela mulher antes de ela morrer...

Mãe. Quando essa palavra surgia, Gon caía em um silêncio repentino. Fosse mencionada em um livro ou um filme ou por um pedestre passando, ele se silenciava como se tivesse perdido a voz.

Gon se lembrava de apenas uma coisa sobre a mãe: as mãos calorosas e carinhosas. Não conseguia imaginar seu rosto, mas ainda se lembrava da textura úmida e macia de suas mãos. Ele se lembrava de segurar aquelas mãos para fazer teatro de sombras sob a luz do sol quente.

Quando a vida lhe pregava peças cruéis, Gon pensava que viver era como ter a mãe segurando sua mão em um momento, quente e segura, e de repente a largando sem explicação. Não importava o quanto tentasse segurá-la, sempre era abandonado no final.

— Cá entre nós, quem você acha que é mais infeliz? Você, que teve e perdeu uma mãe, ou eu, que de repente encontrei uma de quem sequer me lembrava, só para que ela morresse logo em seguida?

Eu não sabia a resposta. Gon abaixou a cabeça por um tempo antes de dizer:

— Sabe por que eu ficava indo te ver?

— Não.

— Dois motivos. Um, você não me julgava como os outros, graças ao seu cérebro especial. Mas também foi graças a esse cérebro especial que matei uma borboleta pra nada. Meu segundo motivo é... — Ele sorriu de leve um pouco antes de continuar. — Queria te perguntar uma coisa. Mas, porra, eu não conseguia criar coragem...

Fez-se um silêncio pesado entre nós. Esperei Gon falar enquanto o relógio batia. Devagar, ele sussurrou:

— Como ela era?

Levou um tempo para que eu entendesse a pergunta.

— Você a viu. Mesmo que só uma vez — disse ele.

Tentei refrescar minha memória. Eu me lembrava de um quarto repleto de flores e de um rosto pálido. Não sabia na época, mas o rosto de Gon tinha alguns traços do dela.

— Ela se parecia com você.

— Vi fotos, mas não consegui enxergar a semelhança — declarou Gon com desdém, mas aí perguntou: — Qual parte?

Ele me olhou fundo nos olhos. Eu sobrepus minha memória do rosto dela ao rosto dele.

— Os olhos. O formato do rosto. O jeito que você sorri. Vocês dois têm covinhas e olhos que ficam caídos nos cantos quando sorriem.

— Merda... — Ele desviou o olhar. — Mas ela te viu e pensou que você fosse eu.

— Ela estava fora de si.

— Mas deve ter tentado achar as feições dela no seu rosto.

— O que ela disse para mim, na verdade, era para você.

— Quais... quais foram as últimas palavras dela?

— Ela só me abraçou. Bem apertado.

Gon balançou a cabeça. Então, como se mal conseguisse pronunciar aquelas palavras, sussurrou:

— Eram quentinhos? Os braços dela...

— Sim, bem quentinhos.

Seus ombros, que antes estavam curvados e parados, aos poucos afundaram. O rosto dele ficou enrugado como um balão vazio, encolhendo-se devagar, e então seus joelhos se dobraram. O corpo tremeu. Não houve barulho, mas eu sabia que ele estava chorando. Olhei para Gon de cima, sem falar nada. Senti como se tivesse ficado inutilmente mais alto.

47

Passamos tempo juntos durante as férias de verão. Em noites quentes, tão úmidas que minha pele ficava grudenta, Gon se deitava em um banco na frente da livraria e me contava histórias sobre si mesmo. Mas me pergunto se faz algum sentido escrever essas histórias aqui. Gon simplesmente vivera a própria vida. Uma vida abandonada e surrada, uma que quase poderia ser descrita como suja, por quinze anos. Eu queria dizer a ele que o destino era só uma questão de casualidade, mas não disse. Aquilo não era nada além de palavras inúteis que li em um livro.

Gon era a pessoa mais simples e transparente que eu já havia conhecido. Até um lerdo como eu podia ler seus pensamentos. Ele sempre dizia: "Temos que ser cães neste mundo cão." Era essa a conclusão a que sua vida o havia levado.

Era impossível que fôssemos parecidos. Eu era perdido demais e Gon não admitia que era vulnerável. Ele fingia ser forte.

As pessoas diziam ser difícil entendê-lo. Eu não concordava. Elas não estavam tentando entendê-lo, para início de conversa.

Me lembro daqueles dias em que eu passeava com Mamãe e ela agarrava minha mão. Ela nunca me soltava. Às vezes, me apertava tão forte que doía, e quando eu tentava me soltar, ela me encarava e me dizia para segurar firme. Dizia que famílias andavam de mãos dadas. Vovó segurava minha outra mão. Eu nunca fui abandonado por ninguém. Mesmo que meu cérebro fosse uma bagunça, o que mantinha minha alma inteira era o calor das mãos segurando as minhas, dos dois lados.

48

De vez em quando, penso nas músicas que Mamãe costumava cantar para mim. Falando, sua voz era animada; cantando, era profunda. Me lembrava do cantarolar de uma baleia de um documentário a que assisti uma vez, ou das ondas do mar, ou do vento que soprava de longe. Mas a voz que uma vez preenchera meus ouvidos estava começando a sumir. Um dia, eu a esqueceria completamente. Tudo que conhecia estava começando a desaparecer.

Parte três

Partie trois

49

Dora. Dora era o extremo oposto de Gon. Se Gon tentava me ensinar dor, culpa e agonia, Dora tentava me ensinar felicidade, esperança e sonhos. Eles eram como músicas que eu ouvia pela primeira vez. Dora sabia cantar de maneira completamente diferente as músicas que todos conheciam.

50

Um novo semestre começou. O campus parecia o mesmo e, ainda assim, diferente. As mudanças eram sutis, como folhas escurecendo. Mas o cheiro era claramente outro. Os garotos exalavam um odor mais forte conforme a estação amadurecia. O verão estava chegando ao ápice, rumo ao fim. As borboletas aos poucos desapareceram e cigarras mortas infestaram o chão.

Assim como o outono chegou mais cedo, algo estranho também aconteceu comigo. Era difícil de descrever e nem de perto o bastante para chamar de uma mudança. Mas tudo que eu conhecia parecia diferente, e todas as palavras que costumava conhecer tão bem ficavam perambulando na ponta da minha língua.

Senti isso em uma tarde de domingo, enquanto uma *girl-group* de cinco membros dava um depoimento na televisão por terem ficado no topo das paradas musicais pela primeira vez desde a estreia delas, havia três anos. As meninas, que pareciam ter a minha idade, pulavam de alegria em saias curtas e tops que mal cobriam os seios. Tremendo, a líder do grupo agradeceu ao agente, ao chefe, ao pessoal da gravadora e aos estilistas, e ao fã-clube delas. Era como se tivesse ensaiado o discurso milhares de vezes. Por fim, terminou com um clichê, dito meio chorando:

— Obrigado a todos pelo apoio. Que noite bonita! Nós amamos muito vocês!

Assisti a esse tipo de discurso várias vezes, graças à minha mãe, que amava assistir a programas de música de k-pop. Mas, por algum motivo, naquele dia em particular fiquei pensando: a palavra "amor" pode ser jogada assim de maneira tão casual?

Pensei nos livros de Goethe e Shakespeare, cujos personagens sempre recorriam à morte em suas buscas desesperadas pelo amor. Pensei nas pessoas que eu via no noticiário, que eram obcecadas por seus entes queridos, e até mesmo abusivas com eles, porque achavam que não eram mais amadas. Também pensei nas histórias de pessoas que perdoaram o imperdoável depois de ouvir apenas três palavras: eu te amo.

Pelo que eu entendia, amor era uma ideia extrema. Parecia forçar algo indefinido para a prisão de uma só palavra. Uma palavra usada até se gastar. As pessoas soltavam a palavra "amor" de maneira muito casual, caso estivessem se sentindo ligeiramente bem ou agradecidas.

Quando compartilhei esses pensamentos com Gon, ele deu de ombros com um *Pah*.

— Você está mesmo perguntando *pra mim* o que é o amor?

— Não estou te pedindo para definir o conceito. Só quero ouvir o que você pensa.

— Você acha que eu sei? Também não faço a menor ideia. Isso deve ser a única coisa que temos em comum. — Gon riu antes de me encarar feio.

Ele tinha esse hábito de mudar de expressão em um segundo.

— Mas você teve sua mãe e sua avó. Elas devem ter te dado bastante amor. Por que você tá me perguntando? — indagou, a voz se tornando amargurada. Ele bagunçou o cabelo, da nuca até o topo da cabeça. — Não tô nem aí pro amor. Não que eu fosse achar ruim experimentar. O amor entre um homem e uma mulher, sabe.

Ele pegou uma caneta e começou a botar e tirar a tampa repetidamente. A caneta entrava e saía, entrava e saía da tampa.

— *Isso* é o que você faz toda noite — falei.

— Uou, esse cuzão sabe fazer piada? Estou impressionado. Mas isso não é amor entre um homem e uma mulher. É amar sozinho. — Gon bateu na parte de trás da minha cabeça de brincadeira. Não doeu. Ele aproximou o rosto do meu. — Você ao menos sabe o que é amor entre um homem e uma mulher, rapaz?

— Eu sei o propósito.

— É? E qual é? — perguntou Gon, entretido.

— Reprodução. É o gene egoísta provocando nossos instintos para...

Antes que eu conseguisse terminar minha frase, Gon deu outro tapa na minha cabeça. Desta vez, doeu.

— Seu cuzão idiota. Sabe, você é idiota porque sabe demais. Agora, ouça com cuidado o que seu mano mais velho vai te dizer.

— Eu sou mais velho. Meu aniversário é antes do seu.

— Pode parar de brincadeira?

— Não estou brincando, é a verdade...

— Cala a boca, cuzão. — Rindo, ele tentou me dar um peteleco na testa, mas eu desviei. — *Ha,* boa.

— Pode voltar para o que estava falando? — perguntei.

Ele limpou a garganta.

— Acho que o amor é uma palhaçada, fingindo ser todo grandioso, eterno e tudo o mais. É tudo mentira. Eu preferia ser durão, nada dessa merda delicadinha.

— Durão?

— É, durão. Forte. Não me machucar. Preferia machucar a outra pessoa. Tipo o Arame.

Arame. Gon havia comentado sobre ele algumas vezes, mas eu nunca conseguia me acostumar com o nome. Recuei um pouco. Senti que estava prestes a ouvir coisas que jamais desejaria ouvir.

— Ele, sim, é forte. Quero dizer, muito. Quero ser igual a ele.

Vi algo tremeluzir nos olhos de Gon.

Era difícil esperar qualquer resposta séria vinda de Gon. Mas perguntar ao Doutor Shim teria parecido muito repentino para ele.

Minha mãe uma vez fez esta pergunta para Vovó enquanto ela estava cuidadosamente escrevendo o *hanja* para amor: 愛.

— Mãe, você ao menos sabe o que esse caractere significa?

— É claro que sei! — Vovó a encarou feio, e aí murmurou: — É amor.

— O que "amor" significa? — perguntou Mamãe, maliciosa.

— Descobrir a beleza.

Depois que Vovó escreveu a parte de cima do caractere 愛, então a parte do meio, 心 (que significa "coração"), ela disse:

— Estes três pontos somos nós! Este aqui é meu, este é seu e este é dele!

Os olhos de Mamãe se encheram de lágrimas, mas ela se virou e voltou para a cozinha.

E ali estava ele, o símbolo 愛, com os três pontos de nossa família. Naquela época, eu não fazia ideia do que significava "descobrir a beleza".

Mas, ultimamente, um rosto me vinha à cabeça.

51

Lee Dora. Repassei mentalmente o que eu sabia sobre ela. Uma imagem dela correndo apareceu. Correndo como uma gazela ou uma zebra. Na verdade, não, esses símiles não são apropriados. Ela era apenas Dora. A Dora que corre. Seus óculos prateados no chão. Os braços e pernas delgados balançando no ar. O sol cintilando nos óculos. Uma nuvem de poeira atrás de si. Seus dedos de pele alva ajeitando os óculos de volta no nariz, assim que terminava de correr. Aquilo era tudo que eu sabia sobre ela.

52

No primeiro dia de aula, eu estava nos fundos do auditório onde a tediosa cerimônia de abertura acontecia. Eu estava saindo de fininho para o corredor quando ouvi um barulho. Me virei e avistei uma garota no final do corredor. Ela colocou atrás das orelhas o cabelo que lhe caía até o ombro e bateu no chão algumas vezes com a ponta dos pés. Deve ter pensado que ninguém estava olhando, porque começou a fazer algum tipo de exercício de aquecimento. Esticou os braços e pernas e saltou três vezes antes de correr ao longo do corredor. Ofegando, parou bem na minha frente e nossos olhos se encontraram. Foram, no mínimo, cinco segundos. Aquela era Dora.

Seus óculos tinham uma armação grossa e cinza-prateada fosca com lentes redondas. Elas eram finas e tinham muitos arranhões que refletiam a luz do sol, tornando difícil ver seus olhos.

    Dora não era como as outras pessoas. Ela não reagia a cada coisinha que os outros faziam. Era calma, tão calma que às vezes me dava a impressão de ser uma mulher bem velha. Não era só por ser mais esperta ou mais madura. Ela só era um pouco diferente.

    Dora havia perdido muitas aulas naquela primavera. Quando ia à escola, costumava ir embora mais cedo sem frequentar nenhuma aula extra ou da tarde. Por isso não tinha visto o incidente entre mim e Gon. Na realidade, ela não parecia se importar com o que acontecia ao seu redor de maneira alguma. Sempre se sentava no canto mais fundo da sala de aula com seus fones de ouvido. Alguém me disse que ela esteve prestes a se transferir para outra escola de ensino médio, uma com um time de corrida, mas que acabou ficando na nossa mesmo. Eu mal a vi falar daquele momento em diante. Ela só ficava encarando o campo da escola do lado de fora da janela, como um leopardo enjaulado.

    Eu a vi sem óculos uma vez. Foi durante um Dia de Atividade Física, na primavera. Ela fora escolhida como a representante da turma na corrida de duzentos metros. Sua aparência magra não passava exatamente uma impressão atlética enquanto ela se preparava na linha de partida que, coincidentemente, estava bem na minha frente.

    Em suas marcas! Ela jogou os óculos de lado e tocou o chão. *Preparar.* Nessa hora, pude ver seus olhos. Seus olhos, que eram oblíquos nos cantos. Os cílios cheios e longos. As pupilas irradiavam um tom marrom-claro. *Já!* Dora correu. As pernas magras, porém fortes, se impulsionavam contra o chão, criando uma nuvem de poeira. Ela era mais rápida do que qualquer outra pessoa. Era como o vento. Um vento poderoso, mas leve. Ela terminou a volta em um piscar de olhos. Passou pela linha de chegada e, antes de parar, apanhou os óculos e os colocou de volta no nariz, seus olhos misteriosos desaparecendo atrás deles.

Dora costumava estar cercada de pessoas e comia com um grupo. Os grupos nem sempre eram os mesmos. Não era solitária, mas também não era, necessariamente, apegada a determinados amigos. Não parecia se importar com quem lhe fazia companhia no almoço ou na volta para casa. Às vezes, estava sozinha. Ainda assim, não sofria bullying e nunca parecia um peixe fora d'água. Parecia uma pessoa que conseguia existir por conta própria.

53

Depois de nove meses de cama, Mamãe acordou. Os médicos disseram que era cedo demais para comemorar. Só porque ela abrira os olhos não queria dizer que estava de volta. Não era muito diferente do tubo de urina que se enchia sozinho. Ela ainda precisava ser virada a cada duas horas junto com ele. Quando estava acordada, entretanto, seus olhos permaneciam fixos no teto, piscando. As pupilas até pareciam se mexer, ainda que pouco.

Mamãe costumava sempre ver constelações em tudo, até em papéis de parede com estampas complicadas. "Olha, esta concha aqui não parece com a Grande Carro? Aquela é a Cassiopeia. Aquela é a Ursa Maior. Vamos procurar a Ursa Menor." Então Vovó dizia: "Se você é tão louca por estrelas, por que não pega uma tigela de água e reza para a Deusa da

Lua?!" Eu quase podia ouvir sua voz insolente. Quando visitei o túmulo de Vovó mais tarde, ele estava coberto de ervas daninhas. Pensei na risada delas, feito ecos distantes.

Clientes haviam parado de ir à livraria havia um bom tempo. Eu ainda costumava me sentar atrás da caixa registradora depois da escola, mas era inútil esperar por qualquer venda. Não poderia continuar vivendo às custas da caridade do Doutor Shim para sempre. Percebi um dia que, sem minha mãe e minha avó, a livraria era como um túmulo. Um túmulo de livros. Um túmulo de letras esquecidas. Foi aí que decidi fechar o lugar.

Eu disse ao Doutor Shim que gostaria de desmontar a livraria, diminuir meus bens e me mudar para um quarto em uma república. Ele ficou em silêncio por um tempo, e então, em vez de me perguntar o porquê, apenas assentiu.

A bibliotecária da escola era a professora responsável por uma turma veterana e pela matéria de literatura coreana. Quando fui até a sala dos professores, eu a vi se curvando profundamente para o vice-diretor, que estava questionando-a sobre o porquê de a turma dela ter, de novo, as notas mais baixas nos últimos simulados. Quando ela voltou à mesa, o rosto corado, perguntei se eu poderia doar livros para a biblioteca escolar. Ela assentiu, desatenta.

O corredor estava em um silêncio mórbido. A época de provas semestrais estava se aproximando, e ninguém soltava um pio durante as aulas da tarde. Me dirigi à biblioteca, carregando uma caixa cheia de livros que eu tinha deixado no canto da quadra de esportes da escola mais cedo naquela manhã.

A porta de correr se abriu com facilidade. Assim que o fez, gritos animados atingiram meus ouvidos. *Haphaphaphap.* Me aproximei das estantes e vi o perfil de uma menina. Um pé na frente e outro atrás, ela ficava dando saltos e trocando os pés de posição. Seus passos eram bem largos, considerando que estava pulando sem sair do lugar. Gotas de suor se acumulavam em seu nariz, seu cabelo esvoaçava, e nossos olhos se encontraram. Era Dora.

— Oi — disse eu. Era educado dizer "oi" primeiro naquele tipo de situação. Dora parou. — Estou aqui para doar livros.

Abri a caixa, respondendo à pergunta que ela não fez.

— Só deixa aí. Tenho certeza de que as bibliotecárias vão organizar para você — disse ela.

— Você não é uma aluna bibliotecária?

— Sou do time de corrida.

— A nossa escola tem um time de corrida oficial?

— Sim, embora não haja professor encarregado e eu seja o único membro.

— Ah.

Devagar, coloquei minha caixa de livros semiaberta em um canto.

— De onde você tirou todos esses livros?

Contei a ela sobre a livraria. A maioria dos livros que eu trouxera era de cursinho. Conforme eles entravam ou saíam de moda, os desatualizados não vendiam bem, a menos que fossem famosos.

— Aliás, por que você está treinando aqui e não na quadra? — perguntei.

Ela estava andando com as mãos fechadas às costas, quando se virou bruscamente.

— Aquele lugar é muito exposto. É silencioso aqui. O pessoal mal aparece. E eu preciso de exercícios básicos para correr mais rápido.

Os olhos das pessoas se iluminam quando falam sobre coisas que amam. Os de Dora estavam radiantes.

— Para que correr?

Eu não estava perguntando com nenhuma intenção específica, mas os olhos dela se extinguiram de uma só vez.

— Você sabia que acabou de fazer a pior pergunta possível? Já me basta meus pais perguntando isso.

— Me desculpe. Não queria te julgar, só saber seu propósito. Seu propósito de correr.

Dora soltou um suspiro.

— Para mim, é como se me perguntassem: *"Pelo que você vive?"* Você vive por algum propósito? Vamos ser sinceros, só vivemos porque estamos vivos. Quando as coisas estão boas, ficamos felizes, e quando não estão, choramos. Correr é a mesma coisa. Fico feliz quando chego em primeiro lugar e triste quando não chego. Vou me culpar por não ter tentado o suficiente. Mas aí vou continuar correndo. Só por isso! Assim como viver a vida. É só isso!

Dora havia começado calma, mas estava quase gritando no final. Assenti para acalmá-la.

— Os seus pais também entendem isso?

— Não, eles só riem de mim. Dizem que correr é inútil. Não vai haver necessidade quando eu virar adulta, a não ser correr para atravessar a rua antes de o sinal de trânsito mudar. Engraçado, né? Eles me dizem que não sou nenhum Usain Bolt, então para que correr?

Os cantos de sua boca caíram.

— O que seus pais querem que você faça?

— Não tenho nem ideia. Antes, diziam que, se eu queria tanto ser uma atleta, deveria jogar golfe para ganhar dinheiro. Agora, nem isso. Eles não se importam, só me dizem para não os envergonhar. Quer dizer, me ter foi escolha deles, então por que tenho que viver de acordo com suas regras? Eles ficam me ameaçando, dizendo que vou me arrepender, mas a escolha final é minha. Acho que só estou fazendo jus ao meu nome. Eles me batizaram de Dora, então acho que tenho que ser uma *dorai*, uma "esquisitona".

Ela sorriu, como se se sentisse bem depois de desabafar. Eu estava me dirigindo à saída da biblioteca quando ela perguntou onde ficava minha livraria. Dei-lhe o endereço e perguntei por que ela queria saber.

Ela deu um sorrisinho.

— Só para o caso de eles pararem de me deixar treinar aqui.

54

Minhas notas nos simulados eram sempre na média. Matemática era a minha melhor matéria, seguida de ciências e estudos sociais, que eram razoáveis. O problema era literatura. Havia todos esses significados ocultos e nuances que eu não conseguia entender. Por que os intuitos dos autores eram tão bem escondidos? Meus palpites estavam sempre errados.

Talvez entender um idioma fosse como entender as expressões e as emoções das outras pessoas. É por isso que dizem que amídalas pequenas costumam significar um nível intelectual menor. Já que você não consegue compreender o contexto, seu raciocínio é ruim, assim como seu intelecto. Era difícil aceitar minhas notas de literatura. Era a matéria em que eu mais queria ter sucesso, mas na qual ia pior.

Desocupar a livraria levou algum tempo. Tudo que eu precisava fazer era me desfazer dos livros, mas não era uma tarefa fácil. Tirei fotos de cada um. Eu precisava saber a condição deles para que pudesse colocá-los à venda online. Não fazia ideia de que eu tinha tantos. Incontáveis pensamentos, histórias e estudos se acumulavam em cada prateleira. Havia vários autores dos quais eu nunca tinha ouvido falar. De repente, eles pareciam muito distantes, um pensamento que não me ocorrera antes. Eu costumava imaginar que eles estavam próximos. Tão próximos quanto sabonetes ou toalhas, bem ao meu alcance. Mas, na realidade, não; eles viviam em um mundo completamente diferente. Talvez fora do meu alcance para sempre.

— Ei.

Ouvi alguém por cima do meu ombro. Meu coração congelou ao ouvir aquela única palavra, como se tivessem jogado água gelada em mim. Era Dora.

— Só passando por aqui. Não tem problema, né?

— Provavelmente não. Na verdade, nenhum — corrigi-me. — É raro ouvir um cliente pedir permissão para visitar, a menos que seja em um restaurante famoso que precisa de reserva, eu acho... o que claramente não é o caso.

Percebi que havia acabado de chamar minha livraria de desconhecida. Dora caiu na gargalhada. Era o tipo de risada que lembrava infinitos cristais de gelo bombardeando o chão. Dora deu uma olhada nos livros, um sorriso ainda repuxando os cantos de sua boca.

— Esta loja acabou de abrir? Os livros estão todos espalhados por aí.

— Na verdade, estou me preparando para fechá-la. Embora "preparar" pareça uma palavra esquisita para esta situação.

— Lamento ouvir isso. Acho que perdi a chance de virar cliente da casa.

Dora não falou muito de primeira. Em vez disso, fez outras coisas, como encher as bochechas depois de falar algo, fazendo um som de *pfff* com um suspiro longo e profundo. Ou dar batidinhas no chão com a ponta do tênis três vezes. Então, como se estivesse tomando coragem para tal, fez uma pergunta:

— É verdade que você não sente nada?

Era a mesma pergunta que Gon havia feito.

— Não exatamente, mas, de acordo com critérios gerais, provavelmente sim.

— Interessante. Pensei que esse tipo de pessoa só existisse em documentários em que se pediam doações ou coisa assim. Ah, desculpa... eu não devia ter dito isso.

— Tudo bem, eu não me importo.

Dora inspirou ruidosamente.

— Sabe quando você me perguntou por que eu corria? Me senti mal por descontar em você. Vim aqui para me desculpar. Você foi a primeira pessoa a me fazer essa pergunta além dos meus pais.

— Ah.

— Então também quero te fazer uma pergunta, só por curiosidade. O que você quer ser quando crescer?

Durante algum tempo, não consegui pensar em uma resposta. Se me lembrava direito, aquela era a primeira vez que me perguntavam isso. Então só falei de maneira sincera:

— Não sei. Ninguém nunca me fez essa pergunta antes.

— Você precisa que te perguntem para saber? Nunca pensou a respeito?

— É uma pergunta difícil para mim.

Hesitei. Mas, em vez de me forçar a elaborar, Dora encontrou algo que tínhamos em comum.

— Comigo é a mesma coisa. No momento, meu sonho desapareceu. Meus pais são bastante contra correr, então... É triste que tenhamos isso em comum.

Dora continuou dobrando e esticando os joelhos. Ela não conseguia ficar parada. Era como estivesse se coçando para correr. A saia de seu uniforme esvoaçava. Desviei o olhar e voltei a limpar os livros.

— Você pega nesses livros com tanto carinho. Ama muito eles, não é?

— É. Estou me despedindo.

Ela encheu as bochechas com outro *pfff*.

— Livros não são a minha praia. Palavras não são divertidas. Elas só ficam ali, cravadas. Prefiro coisas que se mexem.

Dora deslizou os dedos com agilidade ao longo dos livros na prateleira. *Tututu*. Parecia o som de chuva caindo.

— Mas livros velhos são legais. Têm um cheiro mais encorpado, mais vivo. Como o cheiro de folhas de outono.

Ela sorriu para as próprias palavras. Aí, com um rápido "'té mais", foi embora antes que eu pudesse responder.

55

Eu estava voltando para casa depois da escola em um longo dia ensolarado. O ar estava frio, com o Sol observando a Terra bem de longe. Não, talvez eu estivesse errado. Talvez fosse um dia insuportavelmente quente e úmido. Eu caminhava ao longo da cerca cinza da escola e estava virando a esquina quando uma rajada de vento surgiu do nada. Os galhos das árvores sacudindo de maneira violenta, as folhas tremulando.

    Se eu estava ouvindo direito, o som não era do vento balançando as árvores. Era o som de ondas. Em um segundo, folhas de todas as cores se espalharam pelo chão. Ainda era o auge do verão, em um dia ensolarado, mas, por algum motivo, havia folhas caídas por toda parte. Folhas laranja e amarelas apontavam suas mãos em concha em direção ao céu.

Mais à frente estava Dora. O vento soprava seu cabelo para a esquerda. Cabelos longos e brilhantes, cada mecha tão grossa quanto barbante. Ela desacelerou, mas eu mantive meu ritmo, então por fim nos aproximamos. Já havíamos conversado algumas vezes, mas eu nunca a vira tão de perto. Algumas sardas salpicavam sua pele clara, e seus olhos estavam semicerrados por causa do vento, revelando dobrinhas nas pálpebras. Quando seus olhos encontraram os meus, eles se arregalaram.

De repente, o vento mudou de curso. O cabelo de Dora aos poucos também mudou de direção, esvoaçando para o lado oposto. A brisa levava seu perfume até meu nariz. Era um cheiro que eu não havia sentido antes. Era como as folhas caídas ou os primeiros botões na primavera. O tipo de cheiro que evocava imagens opostas ao mesmo tempo. Continuei andando. Nossos rostos ficaram a um centímetro um do outro. O cabelo dela agitava-se no meu rosto. *Ah*, gemi. Ele pinicava. Uma pedra pesada caiu sobre meu coração. Um peso desagradável.

— Me desculpe — disse ela.

— Tudo bem — respondi.

As palavras, meio presas em meu peito, saíram em um coaxar. O vento me empurrou mais forte. Para resistir a ele, comecei a andar ainda mais rápido.

* * *

Naquela noite, não consegui dormir. Cenas se repetiam na minha cabeça feito alucinações. As árvores ondulantes, as folhas coloridas, e Dora ali, rendendo-se ao vento.

Me levantei e andei ao longo das prateleiras de livros, então peguei um dicionário de coreano. Mas eu não fazia ideia de qual palavra estava procurando. Meu corpo queimava. Minha pulsação batia muito forte, bem abaixo de meus ouvidos. Conseguia ouvi-la até na ponta dos dedos das mãos e dos pés, que formigavam como se insetos estivessem rastejando por todo meu corpo. Não era muito agradável. Minha cabeça doía e eu me sentia zonzo. Mas continuei lembrando aquele momento. Quando o cabelo dela tocou meu rosto. O cheiro e o calor do ar entre nós. Caí no sono só ao amanhecer, quando o céu ficou da cor de safira.

56

Minha febre baixou pela manhã, mas outro sintoma bizarro se sucedeu. Fui à escola e vi a parte de trás da cabeça de alguém brilhando. Era a de Dora. Virei para o outro lado. O dia inteiro senti como se houvesse um espinho contra meu peito.

Gon passou na livraria ao pôr do sol. Não consegui falar com ele ou mesmo ouvir o que dizia.

— Cara, tá tudo bem? Você tá pálido.

— Dói.

— Dói o quê?

— Não sei. Tudo.

Gon sugeriu que saíssemos para comer, mas recusei. Ele estalou os lábios e desapareceu. Meu corpo parecia pesado enquanto eu me contorcia e me virava. Não conseguia dizer o que havia de errado comigo. Assim que saí da livraria, topei com o Doutor Shim.

— Você já comeu? — perguntou ele, e balancei a cabeça para dizer que não. Já era tarde da noite.

Dessa vez, fomos a um restaurante de macarrão de trigo sarraceno. O Doutor Shim acrescentou que o macarrão sozinho não seria o suficiente para um adolescente em fase de crescimento e pediu camarões gigantes fritos, mas não toquei em nada. Compartilhei com ele todas as mudanças estranhas que estavam acontecendo com o meu corpo enquanto, aos poucos, ele comia ruidosamente seu macarrão. Não havia muito o que dizer, mas já que eu estava dando tantas voltas, levei duas vezes mais tempo do que deveria para contar.

— Tomei remédio para resfriado. Acho que estou com um resfriado — consegui dizer, ao fim.

O Doutor Shim endireitou os óculos, seus olhos fixos em minhas pernas trêmulas.

— Você pode entrar em detalhes?

— Detalhes? O que você quer dizer? — perguntei, e ele sorriu.

— Bom, só pensei que talvez você tenha deixado algumas coisas de fora porque não sabia como expressá-las direito. E se você não tiver pressa e contar os detalhes, um de cada vez? Quando foi que você começou a sentir esses sintomas? Teve algum tipo de gatilho?

Estreitei os olhos e tentei pensar em como tudo havia começado.

— Foi o vento.

— O vento?

O Doutor Shim estreitou os olhos para copiar minha expressão.

— É difícil de explicar. Mesmo assim, você estaria disposto a me ouvir?

— É claro.

Respirei fundo e tentei narrar os eventos do dia anterior com tantos detalhes quanto possível. Uma vez dita em voz alta, minha história parecia meio seca e chata — que o vento soprou e as folhas caíram, e que quando o cabelo dela soprou e tocou minha bochecha, senti como se alguém estivesse apertando meu coração. Minha história não tinha contexto; nem ao menos daria para ser considerada conversa fiada. Mas, conforme eu continuava divagando, percebi a expressão do Doutor Shim se suavizar, e ele tinha um largo sorriso em seu rosto quando terminei. Ele estendeu a mão e a segurei por reflexo. Ele me deu um firme aperto de mão.

— Parabéns! Você está crescendo. Que ótimas notícias.
— Radiante, ele continuou: — Quanto você cresceu desde o começo do ano?

— Nove centímetros.

— Viu? É um crescimento enorme em tão pouco tempo. Tenho certeza de que seu cérebro deve ter mudado drasticamente também. Se eu fosse neurocirurgião, sugeriria que você fizesse uma ressonância magnética neste exato momento.

Balancei a cabeça. Tirar fotos do meu cérebro não era uma memória agradável.

— Ainda não tenho planos de fazer isso. Quero esperar até que minhas amídalas fiquem grandes o suficiente. Na verdade, não sei se isto é algo para se celebrar. É desconfortável. Também não dormi direito.

— É o que acontece quando você tem uma quedinha por alguém.

— Você acha que tenho uma quedinha por ela?

Me arrependi da pergunta assim que a fiz.

— Bom. Só seu coração sabe — disse ele, ainda sorrindo.

— Você quer dizer meu cérebro, não meu coração. Nós fazemos o que o cérebro nos diz para fazer.

— Tecnicamente, sim, mas ainda dizemos que é o nosso coração.

Assim como o Doutor Shim dissera, eu estava mudando aos poucos. Eu tinha mais perguntas, mas não sentia vontade de dividi-las com ele como antes. Eu balbuciava e ficava tímido mesmo com as questões mais simples. Comecei a rabiscar, esperando que desanuviasse meus pensamentos. Mas, por algum motivo, fiquei escrevendo a mesma palavra repetidamente. Quando me dei conta do que havia escrito, logo amassei o papel e pulei do meu assento.

Meus sintomas irritantes continuaram. Não, na verdade, ficaram piores a cada dia. Minhas têmporas latejavam ao ver

Dora, e meus ouvidos formigavam quando escutava sua voz, não importava de quão longe, em meio a tantas outras pessoas. Senti que meu corpo havia ultrapassado minha mente, e que ele era tão desnecessário e incômodo quanto um sobretudo comprido no verão. Eu queria tanto tirá-lo. Se ao menos eu pudesse...

57

Dora começou a ir à livraria com frequência. A hora de suas visitas era irregular. Às vezes ela dava as caras no fim de semana, e às vezes de noite em dia de semana. Sempre por volta da hora em que ela estava prestes a vir, minha coluna doía. Como um animal instintivamente sentindo um terremoto prestes a chegar, uma minhoca se contorcendo para fora da terra antes de uma tempestade.

Quando sentia meu corpo formigar, eu saía da livraria e ali ela apareceria, a cabeça despontando no horizonte. Eu voltava a entrar correndo como se tivesse acabado de ver algo ameaçador, e retornava ao meu trabalho como se nada tivesse acontecido.

Dora disse que me ajudaria a me desfazer dos livros, mas quando achava um de que gostasse, se sentava para ler a mesma página por um bom tempo. Ela se interessava por enciclopédias de animais, insetos e natureza. Encontrava beleza em tudo. Enxergava o trabalho magnífico e a incrível simetria da natureza na carapaça de uma tartaruga, ou no ovo de uma cegonha, ou no junco de um pântano. *Que maravilha*, ela costumava falar. Eu entendia o significado dessa palavra, mas nunca conseguia sentir o esplendor que carregava.

Conforme o outono amadurecia e os livros eram organizados, conversamos sobre o cosmos, as flores e a natureza — o quão grande é o universo, como existe uma flor que come insetos derretendo-os e como alguns peixes nadam de cabeça para baixo.

— Sabe de uma coisa? A gente presume que todos os dinossauros eram enormes, mas havia alguns do tamanho de um contrabaixo, chamados *Compsognathus*. Eles deviam ser tão fofinhos — disse Dora, um colorido livro de contos de fadas aberto em seu colo.

— Eu costumava ler esse livro quando era pequeno. Minha mãe lia para mim — falei.

— Você se lembra da sua mãe lendo para você?

Assenti. *Hypsilophodon* eram do tamanho de uma banheira, *Microceratus*, do tamanho de um filhote de cachorro, *Micropachycephalosaurus* tinham por volta de cinquenta centímetros de altura e *Mussaurus* eram do tamanho de um ursinho de pelúcia pequeno. Eu me lembrava de todos esses nomes longos e estranhos.

Os cantos dos lábios de Dora se curvaram para cima.

— Você visita sua mãe com frequência? — perguntou.

— Sim, todos os dias.

Ela hesitou.

— Posso ir com você?

— Claro — respondi sem pensar.

Um pequeno dinossauro de pelúcia estava sentado na janela da ala hospitalar de Mamãe. Dora o comprara no caminho até lá. Eu nunca havia levado ninguém comigo antes. Sabia que o Doutor Shim passava lá de vez em quando, mas nenhum de nós jamais sugeriu visitar a minha mãe juntos. Dora se inclinou, sorrindo, e cuidadosamente segurou as mãos de Mamãe. Ela as afagou.

— Olá, Sra. Seon. Sou Dora, amiga do Yunjae. Você é tão bonita. Yunjae está indo bem na escola, é saudável e tudo o mais. Você deveria acordar e vê-lo. Tenho certeza de que logo você irá.

E aí ela deu um passo atrás, seu sorriso se apagando um pouco. Ela sussurrou para mim:

— Agora é a sua vez.

— O quê?

— Faça o que eu acabei de fazer.

— Mamãe não consegue ouvir nada, de qualquer forma — respondi em um tom de voz normal, ao contrário de Dora, que havia abaixado o dela.

— Não tem problema. É só dar um oi.

Ela me deu um empurrãozinho. Devagar, andei até Mamãe. Ela parecia exatamente igual a como estivera nos últimos meses. Eu mal consegui abrir a boca. Não havia tentado aquilo antes.

— Você quer ficar sozinho com ela? Posso sair.

— Não.

— Ou se eu estiver te pressionando demais...

Bem nessa hora, a palavra "Mamãe" saiu de minha boca. Comecei a dividir com ela tudo que acontecera comigo. Parando para pensar, havia muitas coisas que eu não lhe contara. Obviamente, já que aquela era minha primeira vez contando-lhe qualquer coisa. Aos poucos, me abri com ela. Que Vovó havia falecido e que fiquei sozinho. Que agora estava frequentando o ensino médio. Contei-lhe que fiz novos amigos, como Gon e Dora. Inverno, primavera e verão haviam passado, e já era outono. Que eu havia tentado manter a livraria aberta, e que precisei fechá-la, mas que não me desculparia por aquilo.

Depois de contar a Mamãe tudo isso, dei um passo atrás. Dora sorriu para mim. Minha mãe ainda estava encarando as constelações no teto, mas percebi que falar com ela não era assim tão sem sentido, afinal de contas. Talvez fosse parecido com o Doutor Shim assando pães para sua falecida esposa.

58

Conforme eu me aproximava de Dora, comecei a sentir como se estivesse mantendo um segredo de Gon. Por acaso, os dois nunca haviam passado na livraria ao mesmo tempo. Talvez Gon estivesse ocupado com outras coisas, mas não vinha mais à livraria tanto quanto costumava. Quando vinha, sempre fungava.

— Tem alguma coisa estranha com você.

— Como assim?

— Não consigo explicar direito. — Ele me olhou de cara feia. — Tá escondendo algo de mim?

— Bem...

Eu poderia ter lhe contado sobre Dora se ele tivesse me pressionado um pouco mais. Mas, por algum motivo, Gon parou ali.

Também foi por volta dessa época que Gon começou a andar com uns caras de escolas diferentes. Eram encrenqueiros bem conhecidos no bairro. Alguns deles haviam frequentado o mesmo centro juvenil que Gon. Um cara chamado de Pão era particularmente infame. Uma vez o vi conversando com Gon depois da aula. Ele me lembrava mais de um bambu; era alto, com braços e pernas magros feito galhos. Mas na ponta desses galhos estavam mãos e pés grossos feito pães. Ele parecia um boneco palito com mãos e pés feitos de massa grossa. Mas o verdadeiro motivo de ter recebido esse apelido era que, com aqueles punhos e pés enormes, conseguia esmagar os rostos de quem não gostava, com a mesma facilidade com que amassaria pães.

— Eu gosto de andar com eles. Temos uma conexão. Sabe por quê? Porque pelo menos não me julgam como os outros.

Gon me contou histórias que ouvira da gangue de Pão e que considerava engraçadas, mas não as achei engraçadas nem interessantes de forma alguma. Gon falava e falava, rindo alto. Tudo que eu conseguia fazer era escutar.

Ele ainda era alvo de escrutínio na escola. Os pais de outros alunos continuavam a ligar para lá para reclamar sobre seu comportamento. Eu sabia que, se ele se metesse em encrenca de novo, poderia ser transferido para outra escola. Mesmo que Gon estivesse, na verdade, apenas dormindo em todas as aulas em vez de causar problemas, sua reputação só piorava. Eu sempre ouvia os outros falando dele pelas costas.

— Será que eu deveria fazer alguma merda? Parece que é o que todos estão esperando.

Gon mascava seu chiclete de maneira ruidosa, indiferente. Pensei que só falasse por falar. Mas era sério. No meio do segundo semestre, Gon começou a mudar. Parecia estar fazendo de tudo para se jogar no abismo. Começou a xingar quem quer que encontrasse seu olhar, como costumava fazer no início do ano. Na aula, se sentava de maneira desdenhosa, uma perna cruzada sobre a outra, e deliberadamente não prestava atenção nos professores. Quando o repreendiam, ele os encarava feio e fingia corrigir o comportamento, e eles seguiam em frente sem mais comentários, para continuar a aula em paz.

E sempre que Gon se comportava assim, eu sentia uma repentina e pesada pedra afundando em meu coração, como quando o cabelo de Dora havia tocado minha pele. Mas esta era diferente: mais pesada e ameaçadora.

59

Era o começo de novembro. Um aguaceiro nos levou ao final do outono. Eu tinha quase terminado de desocupar a livraria. Tinha vendido todos os livros que consegui, e o resto seria jogado fora. Em breve, deixaria aquele lugar. Encontrei um quarto em um apartamento compartilhado e ficaria na casa do Doutor Shim até que me mudasse para lá. Olhando a livraria vazia, senti como se um capítulo de minha vida tivesse terminado.

    Desliguei a luz e inspirei o cheiro de livro que ainda permanecia no ar. Era tão familiar quanto a paisagem que me cercava. Mas percebi que algo ligeiramente diferente carregava o cheiro. De repente, uma pequena chama foi reacendida em meu coração. Eu queria ler as entrelinhas. Queria ser alguém que realmente entendia o significado das palavras de um autor. Queria conhecer mais pessoas, ser capaz de me envolver em conversas profundas e aprender o que era ser humano.

Naquele momento, Dora entrou na livraria. Eu não a cumprimentei. Em vez disso, queria contar-lhe sobre minha pequena chama antes que ela se apagasse.

— Você acha que consigo escrever algum dia? Sobre mim mesmo?

O olhar de Dora fez minhas bochechas formigarem. Eu continuei:

— Acha que consigo fazer os outros me entenderem ainda que eu mesmo não consiga?

— Entender — sussurrou Dora, vindo na minha direção.

Antes que eu notasse, ela estava bem debaixo do meu queixo. Sua respiração tocou meu pescoço e meu coração começou a acelerar.

— Ei, seu coração está batendo forte — murmurou Dora.

Cada sílaba de seus lábios grossos fazia cócegas em meu maxilar. Sem querer, inspirei profundamente, sorvendo sua respiração.

— Você sabe por que seus batimentos cardíacos estão tão fortes agora?

— Não.

— Seu coração está agitado porque estou perto de você, então ele está aplaudindo.

— Ah.

Nossos olhos se encontraram, mas nenhum de nós desviou o olhar. Ela se aproximou, os olhos ainda presos aos meus. Antes que eu tivesse tempo para pensar, os lábios de Dora roçaram os meus. Eles pareciam uma almofada. Seus lábios macios e molhados aos poucos pressionaram os meus. E, assim, nós respiramos três vezes. Nossos peitos subiam e desciam, subiam e desciam, subiam e desciam. Então, abaixamos a cabeça ao mesmo tempo. Nossos lábios se afastaram conforme nossas testas se tocaram.

— Acho que acabei de entender um pouquinho mais quem você é — disse ela, olhando para o chão. Eu também olhava para baixo. Seus cadarços estavam desamarrados. Uma ponta deles estava escondida debaixo de meu sapato. — Você é legal. Você é normal. Mas também é especial. É assim que eu te entendo.

Dora ergueu os olhos, as bochechas coradas.

— Será que agora estou qualificada para estar na sua história? — sussurrou ela.

— Talvez.

Ela riu.

— Essa resposta não é boa o suficiente.

E aí ela saltitou porta afora.

Afundei no chão. Minha cabeça ficou vazia de pensamentos, preenchida apenas pelo meu pulso acelerado. Meu corpo inteiro estava batucando feito um tambor. *Para com isso. Para. Você não precisa fazer tudo isso para provar que estou vivo. Eu sei que estou.* Eu queria falar com meu corpo, se pudesse. Balancei a cabeça algumas vezes. Havia mais e mais coisas que eu não sabia na vida. Bem naquele instante, senti alguém me encarando e ergui os olhos. Gon estava do lado de fora da janela. Encaramos um ao outro por alguns segundos. Um sorriso fraco percorria seu rosto. E aí ele se virou e aos poucos se afastou, sumindo de vista.

60

Nossa viagem escolar daquele ano era para a ilha de Jeju. Alguns não queriam ir, mas o passeio era obrigatório. Só três alunos da escola inteira não foram, incluindo eu. Os outros dois estavam competindo em concursos de matemática e, quanto a mim, eu tinha que cuidar da minha mãe, o que era uma desculpa que a escola precisava aceitar.

Fui para a escola, que agora estava vazia, e li livros. Por formalidade, um professor substituto de ciências estava ali para anotar presença. Quando o pessoal voltou de viagem três dias mais tarde, todos pareciam inquietos.

Alguma coisa aconteceu no último dia da viagem. Na noite anterior ao retorno deles, enquanto todos estavam dormindo, o dinheiro que fora reunido para comprar lanches para a turma havia desaparecido. Os professores procuraram nos pertences de todo mundo e encontraram o envelope de dinheiro dentro da mochila de Gon. Tinha metade da quantia original. Gon jurou que era inocente. Na verdade, ele possuía até um álibi. Tinha saído escondido para as ruas de Jeju e ficado fora até a manhã seguinte. O dono de um *pc bang* local foi sua testemunha. Ele havia passado a noite toda na LAN house, jogando e bebendo cerveja.

Ainda assim, todo mundo disse que Gon havia roubado o dinheiro. Fosse obrigando outra pessoa a roubá-lo, fosse trabalhando em grupo, não importava. As pessoas tinham certeza de que ele era o responsável. Todos o culparam.

Gon não se importou. Continuou a dormir durante as aulas depois de voltar da viagem. Naquela tarde, o Professor Yun foi chamado à escola e reembolsou todo o dinheiro. Os garotos ficaram com os narizes enfiados nos celulares o dia inteiro, trocando mensagens. Seus celulares tocavam sem parar. Eu não precisava ler para saber sobre o que estavam fofocando.

61

As coisas atingiram um ponto crítico alguns dias depois, durante a aula de literatura. Gon tinha acordado do meio de uma soneca e andado de maneira sonolenta para os fundos da sala. O professor o ignorou e continuou a aula. Aí, Gon começou a mascar chiclete ruidosamente.

— Cuspa isso — disse o professor, que estava prestes a se aposentar e não tolerava mau comportamento. Gon não respondeu. O barulho do seu mastigar penetrou o ar pesado e silencioso. — Cuspa ou saia de sala.

Assim que o professor disse aquilo, Gon cuspiu o chiclete. Ele formou uma parábola e caiu no sapato de alguém. O professor fechou seu livro com força.

— Venha comigo.

— E se eu não quiser? — perguntou Gon, recostando-se contra a parede, fechando as mãos atrás da cabeça. — O que é que você pode fazer, afinal? Me levar para a sala dos professores e me ameaçar? Ou ligar para aquele idiota que diz ser meu pai? Se quiser me bater, vá em frente. Se quiser me xingar, vá em frente. O que está te impedindo, hein? Sejam sinceros com vocês mesmos pelo menos uma vez! Seus merdas.

O professor sequer piscou, algo que possivelmente aprendera com suas décadas de ensino. Ele apenas encarou Gon por alguns segundos e se retirou da sala. Caos explodiu em seu encalço. Caos silencioso, em que cada um de nós apenas encarou os livros.

— Algum de vocês cuzões quer ganhar um dinheirinho? Podem vir — disse Gon com uma risadinha dissimulada. — Alguém quer levar porrada por um trocado? Vou pagar dependendo de quanto eu bater. Um tapa na cara vale mil wons. Se sangrar, você leva mais quinhentos. Dois milhões por um nariz quebrado. Alguém topa?

A sala de aula se encheu com o som da respiração pesada de Gon.

— Por que tão quietos, hein?! Não estão interessados em um dinheirinho extra para comprar lanches, seus merdinhas? Como é que vão sobreviver neste mundo de cão quando são um bando de mariquinhas? Filhos da puta estúpidos e inúteis!

Ele enfatizou tanto a última palavra que ela ecoou para o corredor. Seu corpo tremia e um sorriso perturbador se insinuava em seus lábios enquanto eles se contraíam. Francamente, ele parecia prestes a chorar.

— Pare — eu falei.

Os olhos de Gon faiscaram.

— O que você disse? — Ele se levantou com os punhos fechados. — Parar, e aí o quê? Eu deveria, tipo, me curvar e me desculpar, ou escrever uma carta de desculpas ou algo assim? Eu deveria rastejar e pedir pela merda de um perdão? Por que não me diz exatamente o que fazer? O que eu deveria fazer, seu cuzão de merda?!

Não consegui dizer nada. Ele estava arremessando tudo em que conseguia colocar as mãos. Os estridentes *ahhs* das meninas e os baixos e assustados *ohh* dos meninos criaram um estranho coro dissonante que penetrou meus ouvidos. Ele tinha destruído a sala de aula em uma questão de segundos. Mesas e cadeiras foram jogadas de ponta cabeça, e as molduras e os quadros de horários pendurados na parede ficaram tortos. Era como se Gon tivesse segurado a sala inteira e a sacudido. A turma se grudou nas paredes como se tivesse acontecido um terremoto. Bem nessa hora, ouvi um barulho. Suave, porém nítido, e ainda tão ensurdecedor quanto um grito.

— Seu desgraçado...

Gon virou-se na direção do som. Dora estava ali.

— Mete o pé. Não faz sua merda aqui. Volta para onde você veio.

O rosto dela tinha uma expressão que eu não conseguia compreender direito. Seus olhos, nariz e lábios estavam todos fazendo algo diferente. As sobrancelhas haviam se erguido e as narinas estavam um pouco dilatadas. Os lábios estavam curvados, mas por algum motivo tremiam.

Nessa hora, a porta da sala de aula se abriu enquanto a professora responsável entrava com pressa, acompanhada por vários outros professores. Antes que pudessem fazer algo, Gon já havia escapado pela porta dos fundos. Ninguém o chamou de volta ou foi atrás dele. Nem mesmo eu.

62

Gon apareceu na livraria naquela noite. Ele dava batidinhas sem cuidado nas prateleiras vazias enquanto falava comigo.

— Que garanhão. O robô agora tem uma namorada, hein? Como é que é ter uma menina que te defende? Eu fiquei literalmente parado feito um idiota quando ela me mandou meter o pé. Sortudo da porra, estou com inveja que esteja conseguindo tudo isso que não consegue nem sentir.

Eu estava sem palavras. Com um movimento desdenhoso da mão, Gon disse:

— Ei, não precisa ficar com medo de mim do nada, nós somos parceiros. — E aí, olhando direto nos meus olhos, ele disse: — Mas tenho uma pergunta. — E finalmente foi direto ao assunto: — Você também acha que eu roubei?

— Você sabe que eu nem fui à viagem.

— Só me responde. Acha que fui eu?

— Está me perguntando sobre a possibilidade?

— É, se você diz. A possibilidade de eu ter feito isso.

— Bom, é possível que qualquer um que esteve lá tenha feito aquilo.

— E, de longe, eu tenho a maior probabilidade?

Ele assentiu com um sorriso.

— Se está pedindo minha opinião sincera — falei, devagar. — Não estou surpreso que todos tenham pensado que foi você. Eles têm muitos motivos para pensar que sim. Provavelmente não conseguem pensar em mais ninguém.

— Sei. Pensei nisso também. É por isso que nem tentei ficar me defendendo. Sabe, falei para eles que não fui eu. Mas foi inútil. Não queria gastar minha saliva, então fiquei de boca fechada. Mas aí aquele meu "pai" foi lá e pagou pelo dinheiro roubado sem nem me perguntar. Devem ter sido no mínimo alguns milhares de wons. Eu deveria me orgulhar de ter um pai desses?

Eu não disse uma única palavra. Gon também continuou em silêncio por um tempo.

— Mas você sabe que não fiz aquilo — disse ele, o tom subindo um pouco no final da frase. Um segundo de silêncio se passou. — Então, enfim, me decidi: vou viver exatamente como as pessoas esperam que eu viva. É nisso que sou bom, no fim das contas.

— O que está dizendo?

— Te falei da última vez, eu quero ser forte. Pensei muito em como fazer isso. Eu poderia estudar muito ou me exercitar. Mas você sabe que isso não é a minha praia. É tarde demais. Sou velho demais para essa merda.

— Velho demais? — repeti.

Velho. Enquanto olhava para Gon, por um momento realmente pensei que ele tivesse razão.

— É, sou velho demais para voltar atrás.

— E aí? — perguntei.

— Aí vou ficar mais forte do meu próprio jeito. Do jeito que for mais confortável para mim. Gosto de ganhar. Se não consigo me proteger de me machucar, prefiro machucar os outros.

— Como?

— Sei lá, mas não é muito difícil. Já conheço esse universo. — Ele riu de maneira sarcástica. Eu queria dizer algo, mas ele já estava se dirigindo para a saída. Então deu meia volta e disse: — Pode ser que a gente não se veja mais a partir de agora. Aqui, em vez de um beijo de despedida, pega isso.

Ele deu uma piscadinha e aos poucos levantou o dedo do meio com um sorriso brando. Aquela foi a última vez que o vi sorrir daquele jeito. Aí, ele desapareceu.

A partir de então, a tragédia se desdobrou bem rápido.

Parte quatro

Parte quarta

63

No final, o verdadeiro ladrão foi pego. Tinha sido o garoto que me perguntou em voz alta na frente de todo mundo como me senti vendo a minha avó ser morta diante dos meus olhos. Ele se entregou e admitiu que havia planejado tudo sozinho. Não queria o dinheiro, mas armou para cima de Gon só para ver como as pessoas reagiriam. Quando a professora responsável lhe perguntou por que ele faria esse tipo de coisa, ele simplesmente respondeu:

— É divertido.

Mas aquilo não significava que o pessoal tenha ficado com pena de Gon. *Tanto faz, Yun Leesu ia arrumar confusão mais cedo ou mais tarde.* Vi de relance esse tipo de mensagem por cima do ombro nos chats em seus celulares.

* * *

O Professor Yun parecia abatido, como se não comesse havia dias. Ele se apoiou na parede e mexeu os lábios secos e rachados.

— Nunca bati em ninguém em toda a minha vida. Nunca pensei que uma surra fosse solução. Mas, mas... eu bati em Leesu. Duas vezes. Não consegui pensar em nenhuma outra maneira de pará-lo.

— Uma vez foi na pizzaria. Vi pela janela — eu falei.

Ele assentiu.

— Fiz um acordo com o dono do restaurante. Felizmente, ninguém se machucou e a questão foi resolvida. Naquela noite, eu o forcei a entrar no carro e voltei para casa. Não trocamos uma palavra sequer durante todo o caminho de volta, nem depois. Fui direto para o meu quarto. — A voz dele começa a tremer. — As coisas mudaram bastante desde que ele voltou. Não tive tempo para ficar de luto pela morte de minha esposa. Ela costumava sonhar com uma casa onde todos morávamos juntos, mas, na verdade, eu achei difícil conviver com Gon. Não conseguia parar de pensar, mesmo enquanto lia livros ou me deitava na cama: o que o fez se tornar a pessoa que é agora? De quem é a culpa?

O Professor Yun respirou fundo algumas vezes antes de acrescentar:

— Quando a tristeza e a decepção saem do controle e não há uma solução, as pessoas começam a ter pensamentos ruins. Eu também tive... Ficava imaginando como seria não tê-lo por perto, se ele nunca tivesse voltado...

Os ombros dele começaram a tremer.

— Sabe qual é a pior parte? Eu pensei, na verdade, que as coisas teriam sido melhores se nunca tivéssemos tido um filho, se aquele menino nunca tivesse nascido. Sim, tive pensamentos terríveis como esse sobre meu filho, meu próprio sangue. Ah, céus, não acredito que te contei tudo isso...

Lágrimas escorreram pelo seu pescoço e se derramaram em seu suéter. Logo ele estava soluçando tanto que não consegui entender o que dizia. Fiz-lhe uma xícara de chocolate quente.

— Ouvi dizer que você era amigo próximo de Leesu. Que uma vez você foi à nossa casa. Como pôde continuar tratando-o dessa forma? Depois de tudo que ele fez com você.

— Porque o Gon é uma boa pessoa.

— Acha mesmo?

Eu sabia que Gon era um bom garoto. Mas, se alguém me pedisse para descrevê-lo em mais detalhes, eu só seria capaz de dizer que ele me deu uma surra e me machucou, que dilacerou uma borboleta, que peitou os professores e jogou coisas em seus colegas de turma. É assim que é a linguagem. Era tão difícil quanto provar que Leesu e Gon eram a mesma pessoa. Então eu simplesmente respondi:

— Só sei que ele é.

O Professor Yun sorriu para minhas palavras. O sorriso durou por uns três segundos antes de sumir. Ele começou a chorar de novo.

— Obrigado por pensar nele assim.

— Então por que está chorando?

— Me sinto culpado por não poder pensar da mesma maneira. E é ridículo, mas me sinto agradecido por ouvir outra pessoa dizer que ele é bom... — gaguejou ele, soluçando.

Antes de ir embora, o Professor Yun me perguntou uma última coisa, um pouco hesitante:

— Se alguma vez você ouvir notícias dele, pode dizer que eu pedi, por favor, que volte para casa?

— Você o quer de volta?

— Sinto vergonha de admitir isso, enquanto adulto, mas as coisas aconteceram muito rápido, e não tive tempo de dedicar atenção e cuidado a todas elas. Gostaria de ter outra chance, para fazer tudo certo.

— Eu vou falar para ele — prometi.

Todos os tipos de pensamento passaram pela minha cabeça. Se o Professor Yun pudesse voltar no tempo, teria escolhido não ter Gon? Se sim, o casal não o teria perdido, para início de conversa. A Sra. Yun não teria ficado doente de culpa e morrido de arrependimento. Todos os problemas que Gon havia causado também não teriam acontecido. Pensando dessa maneira, teria sido melhor que Gon nunca tivesse nascido.

Porque, acima de tudo, ele não teria sentido tanta dor e perda. Mas tudo fica sem sentido se você pensar assim. Resta apenas propósito. Vazio.

Era cedo, ainda de madrugada, mas eu já estava acordado. Tinha algo a falar para Gon. Tinha que dizer que sentia muito. Sentia muito por fingir ser o filho de sua mãe e por ter escondido que havia feito outro amigo. E, por fim, queria dizer que sentia muito por não dizer que sabia que ele não roubara o dinheiro, e que eu acreditava nele.

64

Eu tinha que encontrar Gon. O que significava que precisaria encontrar aquele menino chamado Pão.

A escola que ele frequentava ficava no meio de uma zona de prostituição. Era uma surpresa que alguém escolhesse construir uma escola lá, dentre tantos outros lugares. Talvez a péssima reputação do distrito tivesse se desenvolvido depois que a escola foi construída, mas ainda assim. Os raios amarelo-amarronzados do sol da tarde se estendiam pelo pátio escolar, onde garotos que não pareciam em nada estudantes estavam fumando.

Alguns que rondavam perto da entrada da escola me empurraram para dentro. Eu disse a eles que havia ido ver Pão. Ele era o único para quem eu poderia perguntar onde Gon estava. Talvez conhecesse o tipo de lugar que o receberia bem.

Pão veio de longe na minha direção. Era magricela e sua sombra parecia um espeto. De perto, suas mãos, pés e rosto eram tão enormes que pareciam frutas balançando em galhos. Ao seu sinal, os outros meninos começaram a cutucar minhas costelas e vasculhar meus bolsos. Uma vez que Pão percebeu que eu não tinha nada a oferecer, perguntou:

— O que um cara certinho como você quer comigo?

— Gon não está em lugar nenhum. Pensei que você talvez soubesse onde ele está. Não se preocupe, não importa o que diga, não vou contar pros adultos.

Inesperadamente, ele respondeu na mesma hora:

— Arame.

Ele deu de ombros, inclinando algumas vezes a cabeça da esquerda para a direita com um estalo alto.

— Aquele filho da mãe deve ter ido ver o Arame. Tô te falando, não tenho nada a ver com isso. Eu não dou conta do Arame. Ainda sou um estudante, afinal — disse Pão enquanto se virava e dava tapinhas na mochila.

— Onde ele está? — perguntei simplesmente, já que o nome Arame ainda não me dizia nada.

A bochecha de Pão tremeu.

— Por quê? Vai atrás dele? Não recomendo.

— Sim.

Eu não tinha tempo para ficar de brincadeira. Pão estalou a língua e hesitou por um tempo antes de enfim me dar o nome de uma cidade portuária não muito longe da nossa.

— Tem um mercado de agricultores lá, no final dele você vai ver uma loja de sapatos velhos. Tudo que eu sei é que eles vendem sapatos de dança. Não estive lá pessoalmente. Boa sorte. Embora sorte vá ser inútil.

Pão fez uma arminha com os dedos, apontou para a minha cabeça e fez *bang* com a boca antes de sair de vista.

65

Dora passou para me visitar antes que eu fosse atrás de Gon. Ela ficou sentada por um bom tempo antes de pedir desculpas.

— Não sabia que você era próximo do Leesu. Se eu soubesse, não teria dito aquilo para ele. Mesmo assim, alguém tinha que falar alguma coisa e fazê-lo parar. — Ela começou de maneira branda, mas sua voz estava forte ao final. — Ainda não consigo me conformar. Como você foi acabar se tornando amigo de alguém como ele... — resmungou.

Alguém como ele. Sim, aquilo era o que todos deviam pensar. Eu era um deles. Falei para ela a mesma coisa que havia dito ao Doutor Shim, que eu achei que, se entendesse Gon, talvez pudesse de alguma forma entender o que havia acontecido com Mamãe e Vovó. Queria tentar para que pudesse desvendar ao menos um mistério da vida.

— Então, você desvendou?

Balancei a cabeça.

— Mas descobri outra coisa.

— O quê?

— Descobri o Gon.

Dora deu de ombros e balançou a cabeça.

— Mas por que *você* tem que ir procurar por ele? — perguntou ela uma última vez.

— Porque percebi que ele é meu amigo. — Foi a minha resposta.

66

A brisa do mar tinha um cheiro salgado e de peixe. O tipo de cheiro que apagava as estações e as direções completamente. Me esgueirei para o mercado de agricultores como se fosse empurrado pelo vento. As pessoas estavam fazendo fila para entrar em um lugar famoso por seu frango agridoce.

Acabou que Pão não era lá muito bom em dar direções. A loja de sapatos de dança não estava em lugar algum. Perambulei pelo mercado um bom tempo antes de dar de cara com um beco que parecia mais um labirinto. Era um emaranhado desnorteante, e fui aonde quer que meus pés me levassem.

A escuridão, no inverno, se espalha depressa. Uma hora você a percebe se aproximando e, no instante seguinte, tudo já virou breu. Ouvi um som estranho de algum lugar. Parecia um gritinho ou o choro de um filhote de cachorro recém-nascido.

Então, ouvi algumas vozes e o som de uma risada. Me virei na direção do barulho e avistei uma entrada semiaberta para um prédio escuro. Era um portão de ferro fajuto, sacudindo ao vento. Ouvi risadinhas. De repente, um estranho calafrio percorreu minha espinha. Tentei pensar em uma palavra para descrever a sensação. Era familiar. Mas não consegui pensar na palavra certa.

Bem nessa hora, o portão se abriu com um rangido, e um grupo de meninos saiu correndo. Rapidamente me escondi atrás do muro. Eles pareciam ter em torno da minha idade ou alguns anos a mais, e davam risadinhas enquanto desapareciam noite adentro. De novo, um sentimento familiar me dominou.

Vi de relance um sapato de salto alto na frente da porta. Um sapato chique, coberto de brilhos dourados. Eu o virei e vi couro macio colado na sola. Parecia um sapato de dança latina. O bico do sapato apontava para um lance de escadas que descia, como se me indicando para onde ir. Desci de fininho a escada no escuro, e ao pé dela estavam pilhas de caixas e outro grosso portão de ferro com uma longa tranca de aço. Parei na frente da porta. Dava para abri-la pelo lado de fora, mas o fato de estar enferrujada me tomou algum tempo. Finalmente, consegui remover a tranca e a abri.

Havia entulho por tudo que era canto. Montes de lixo estavam jogados no quarto sujo e esfarrapado. Parecia um esconderijo secreto, mas não consegui adivinhar o que se passava ali dentro.

Ouvi um farfalhar. Então, nossos olhos se encontraram. Gon. Ele estava sentado no chão, abraçando os joelhos. Gon, pequeno e deplorável, mais desgrenhado do que antes, e sozinho. *Déjà vu*. Essa era a expressão que eu estava procurando. *Jogo de família* passou pela minha cabeça. O choro do lojista. O meu eu jovem, perdido. O momento em que Mamãe me puxou para um abraço apertado na delegacia. Avançando o filme, duas mulheres caindo na minha frente... Sacudi a cabeça. Agora não era hora de pensar nessas coisas. Porque diante de mim não estava o filho morto do lojista, mas Gon, que ainda estava vivo.

67

Gon me encarou feio. Claro, eu devia ser a última pessoa que ele esperava ver.

— O que você está fazendo aqui? Como chegou aqui? Porra... — esbravejou Gon em uma voz rouca. Ele tinha machucados e arranhões por toda parte, o rosto pálido.

— Fui ver o Pão. Não se preocupe, não contei para ninguém, nem pro seu pai.

Assim que eu disse "pai", Gon apanhou uma lata vazia ao seu lado e a atirou. A lata voou pelo ar, caiu no chão empoeirado e girou algumas vezes.

— O que aconteceu com *você*? Mas, primeiro, vamos chamar a polícia — falei.

— A polícia? Você é engraçado. Me perseguindo igual à merda de um policial.

Ele caiu na gargalhada. Com uma mão na barriga, Gon jogou a cabeça para trás e urrou desnecessariamente alto. Ele cuspia coisas como "Acha que vou te agradecer por isto?".

Cortei sua risada.

— Não ria desse jeito. Não combina com você. Nem parece uma risada.

— E agora você vai me dizer como é que eu devo rir, porra? Vou fazer o que quiser e ficar onde quiser. Cuida da tua vida, seu psicopata fodido. Quem você pensa que é, hein? Quem caralhos você...

A voz de Gon estava diminuindo. Esperei, assistindo-o tremer de leve. Seu rosto havia mudado muito em apenas alguns dias. Uma sombra havia se assentado em sua pele agora áspera. Algo o mudara drasticamente.

— Vamos para casa — pedi.

— Foda-se essa merda. Não se finge de legal. Mete a porra do pé daqui enquanto pode. Antes que seja tarde demais — rosnou Gon.

— O que você vai fazer aqui? Acha que aguentar tudo isso vai te fazer mais forte? Isso não é ser forte. É só fingimento.

— Não fala como se você soubesse de tudo, cuzão. Quem é você pra me dar a porra de um sermão? — gritou Gon. Mas, estranhamente, seus olhos estavam congelados. Ouvi passos leves. Estavam se aproximando mais a cada segundo e pararam no portão. — Te falei pra meter a porra do pé daqui — disse Gon, seu rosto se contorcendo. Então, *ele* entrou.

68

Ele parecia mais uma sombra gigante do que uma pessoa. Poderia ter uns vinte ou até trinta e poucos anos, dependendo do ângulo. Vestia um casaco grosso e gasto, calças cáqui de cotelê e um *bucket hat*. Seu rosto mal estava visível, já que ele também usava uma máscara. Eram roupas estranhas. Aquele era Arame.

— Quem é esse aí? — perguntou ele a Gon. Se uma cobra pudesse falar, teria aquela voz. Gon mordeu os lábios, então respondi em seu lugar.

— Sou amigo dele.

Arame ergueu as sobrancelhas. Algumas rugas apareceram em sua testa.

— Como é que o seu amigo achou este lugar? Esquece, por que você está aqui?

— Para buscar o Gon.

Devagar, Arame se sentou em uma cadeira que rangia. A sombra dele também se dobrou pela metade.

— Acho que você está com a ideia errada, garoto. Acha que é algum herói? — resmungou ele em voz baixa. Seu tom era brando, até amigável, se você não prestasse atenção ao que ele estava falando de verdade.

— O pai do Gon está esperando. Ele tem que voltar para casa.

— Cala a boca! — gritou Gon. Aí sussurrou algo para Arame, que escutou e assentiu algumas vezes.

— Ah, você é aquele garoto. Gon me contou sobre você. Não sei se essa doença realmente existe, mas então é por isso que sua expressão não mudou nem um pouco quando eu entrei. A maioria das pessoas que me veem não reagem como você.

— Vou levar Gon para casa — repeti. — Solta ele.

— O que você vai fazer, Gon? Quer ir embora com o seu amigo?

Gon mordeu os lábios, então sorriu afetado.

— Acha que sou maluco? De jeito nenhum vou embora com esse cuzão.

— Ótimo. Amizades não duram muito. É só uma palavra. Tem muitas palavras sem sentido por aí.

Arame se levantou da cadeira, se agachou e apanhou algo de dentro do bolso do casaco. Era uma faca afiada e fina. A lâmina cintilou contra a luz.

— Lembra que te mostrei isso? Falei que a gente podia usá-la algum dia.

A boca de Gon se abriu um pouco. Arame virou a ponta da lâmina para ele.

— Experimenta.

Gon engoliu em seco. Sua respiração devia ter acelerado, já que seu peito começou a subir e descer.

— Ah, olha para você, cheio de medo. Esta é só a primeira vez, então não precisa ir com tudo. Vai devagar e se diverte.

Arame sorriu largo enquanto tirava o chapéu. Ali, vi um rosto familiar. Levou um segundo para eu perceber de quem era — ou do David de Michelangelo ou de um dos muitos rostos conhecidos por sua beleza icônica, que vi nos livros didáticos. Aquela mesma beleza estava presente no rosto de Arame. Sua pele era alva, e seus lábios, rosados. Cabelo castanho-claro e cílios longos e exuberantes. Olhos profundos e límpidos. Deus havia dado o rosto de um anjo para a pessoa errada.

69

Arame e Gon tinham sido do mesmo centro de detenção juvenil. Haviam se visto de longe brevemente. As façanhas e sagas de Arame eram tão extremas e perigosas que eram discutidas apenas em particular. Um boato dizia que ele havia recebido esse apelido por ter usado um arame em um de seus crimes. Lembro-me de Gon falar por um bom tempo sobre ele, como se estivesse recitando a biografia de algum homem importante.

Arame pensava que era chato trabalhar para outras pessoas e se misturar à sociedade, então havia trilhado seu próprio caminho. Um caminho que atingira o ponto ao qual ninguém nunca chegara. Não entendi bem, mas aparentemente muitos garotos ficavam encantados por aquele mundo estranho, e Gon era um deles.

— Arame acha que este país deveria legalizar armas, assim como os Estados Unidos e a Noruega fizeram, para que pudéssemos ter tiroteios em massa de vez em quando. Assim, poderíamos exterminar as pessoas merdas todas de uma vez. Não é legal? Aquele cara é forte pra caramba.
— Você acha que isso o torna forte?
— É claro. Ele não tem medo de ninguém. Igual a você. Eu quero ser assim.
Gon havia dito aquilo em uma noite de verão, na época em que costumava me contar tudo.

70

Agora, Gon segurava uma faca na minha frente. Sua respiração estava ruidosa, como se estivesse respirando dentro do meu ouvido. O que ele faria? O que queria provar com tudo aquilo? Suas pupilas trêmulas cintilavam como grandes bolas de gude.

— Deixa eu te fazer uma pergunta: é isso o que você quer de verdade? — disse baixinho. Mas Gon fez o que costumava fazer e me interrompeu. Ele me chutou forte nas costelas antes que eu pudesse terminar de falar. Fui jogado com tudo contra a janela pela força do golpe. Copos de vidro ao meu lado se estilhaçaram no chão.

Alguns garotos se gabavam de quão jovens eram quando começaram a roubar e a transar com garotas, e o que os meteu em um centro juvenil. Eles precisavam dessas histórias e provas para serem aceitos em suas gangues. Para Gon, aguentar surras dos outros era, talvez, um rito de passagem nesse sentido. Mas, para mim, todas essas coisas só provavam a fraqueza deles. Era uma manifestação de sua vulnerabilidade *já que* queriam tanto ter força.

O Gon que eu conhecia era só um menino de quinze anos imaturo. Uma manteiga derretida, que só fingia ser forte.

— Eu disse: é isso o que você quer de verdade? — perguntei mais uma vez. Gon estava ofegando. — Porque eu não acho que seja.

— Cala a boca.

— Eu não acho que isso é o que você quer, Gon.

— Cala a porra da sua boca.

— Você não é esse tipo de pessoa.

— Porra — gritou ele, meio chorando.

Um prego na parede devia ter espetado minha perna, porque ela estava sangrando. Gon notou e começou a soluçar como um bebê. Sim, esse era ele. O tipo de pessoa cujos olhos se enchiam de lágrimas ao ver uma gota de sangue, o tipo que reagia à dor dos outros.

— Eu disse que você não era desse tipo.

Gon virou as costas para mim enquanto levantava os braços para cobrir os olhos, o corpo tremendo.

— Esse é você. É assim que você é — afirmei.

— Bom pra você... que bom pra você que você não sente merda nenhuma. Eu queria poder ser assim — balbuciou ele entre soluços.

— Vamos lá. — Ofereci minha mão. — Vamos sair daqui.

— Vai você, cuzão. Não faço ideia de que porra você é.

Ele havia finalmente parado de chorar e começado a me xingar. Como se essa fosse sua única saída. Ele xingava como um cão que ladra.

— Parem. — Arame ergueu a mão para deter Gon. — Chega de drama infantil na minha frente, garotos.

Ele se virou para mim.

— Leve-o, se é o que quer. Mas você precisa me dar algo em troca. Vocês têm uma amizade tão maravilhosa, com certeza deve valer algo para você, né? — Arame esfregou o queixo enquanto o rosto de Gon empalidecia. — Então, o que você vai fazer pelo Gon, garoto?

A voz dele era suave, sua entonação subindo de maneira agradável no final da frase enquanto sorria para mim. Fui ensinado que aquele era um gesto de gentileza. Mas eu sabia que ele não estava, de maneira alguma, sendo gentil.

— Qualquer coisa.

Os olhos de Arame se arregalaram, surpreso com minha resposta. Ele soltou um assovio baixo.

— Qualquer coisa?

— Sim.

— Até morrer?

— Merda — disse Gon, baixinho.

Arame se endireitou, claramente entretido.

— Tá bem, vamos ver qual é a sua. Estou muito curioso sobre o quanto você está disposto a dar por este cuzão. —

Ele sorriu. — Não se force se não conseguir aguentar. Isso só prova que você é humano.

Gon apertou os olhos enquanto Arame chegava mais perto de mim. Não fechei os meus. Olhei direto para o que se tornaria minha realidade.

71

Mais tarde, as pessoas me perguntaram por que não fugi. Por que fiquei até o final. Eu lhes disse que só fiz o que era mais fácil para mim, a única coisa que alguém que não conseguia sentir medo poderia fazer.

Como uma lâmpada fluorescente piscando ora sim, ora não, ganhei e perdi a consciência. Quando acordei, a intensidade da dor era tão grande que me perguntei por que o corpo humano foi feito para aguentar tanta. Considerei injusto que eu ainda não tivesse apagado por completo.

    Vi fragmentos de Gon. Às vezes embaçados, às vezes nítidos. Meu cérebro devia estar dando curto-circuito. Vi quanto medo ele sentia. Agora eu entendia um pouco o que significava sentir medo. Era como puxar desesperadamente o ar em um lugar sem oxigênio. Era assim que Gon olhava para mim.

O rosto dele ficou embaçado. Pensei que minha visão tinha ficado turva, mas não era isso. O rosto de Gon estava borrado de lágrimas. Ele estava aos prantos. *Para, por favor, para. Me machuca em vez disso*, gritava ele sem parar. Queria balançar a cabeça para dizer que aquilo não era necessário, mas eu não tinha mais energia.

72

A lembrança de alguns meses atrás passou pela minha mente. O dia em que Gon arrancou as asas da borboleta quando tentou me ensinar empatia e não conseguiu. Por volta do crepúsculo daquele dia, ele limpou os restos da borboleta manchados no chão, chorando o tempo todo.

— Queria nunca sentir medo, dor, culpa, nada... — dissera ele, cheio de lágrimas.

— Isso não é fácil de se fazer. Você é cheio de emoções. Você se daria melhor sendo artista ou músico — disse eu depois de um tempo.

Gon tinha rido, os olhos úmidos.

Aquele fora um dia de verão, ao contrário de agora, quando todo arquejo de dor saía feito vapor branco. O ápice do verão. Verão. Será que aquele dia havia realmente acontecido?

Quando tudo era verde, exuberante e pleno? Será que tudo que havíamos passado juntos era real?

Gon sempre me perguntava como era não conhecer o medo nem sentir nada. E mesmo que eu tivesse dificuldade para explicar todas as vezes, ele sempre voltava a me perguntar a mesma coisa.

Eu também tinha perguntas com as quais não conseguia me conformar. Em um primeiro momento, me perguntei o que se passou na mente do homem quando ele esfaqueou a Vovó. Mas aquela pergunta levava a outra: por que as pessoas sabiam, mas fingiam não saber? Eu não fazia ideia de como interpretá-las.

Um dia, quando eu estava visitando o Doutor Shim em casa, um garoto que perdera ambas as pernas e uma orelha por causa de uma bomba chorava na tela da televisão. Uma notícia sobre uma guerra acontecendo em algum lugar no mundo. O Doutor Shim assistia à TV sem expressão. Ele ouviu meus passos e se virou, me cumprimentando com um sorriso amigável. Mas meus olhos estavam fixos no menino atrás de seu sorriso. Até um idiota como eu sabia que o menino estava machucado. Que estava sentindo uma dor extrema por causa de um incidente trágico e terrível.

Mas não perguntei ao Doutor Shim por que ele estava sorrindo com as costas viradas para alguém com tanta dor. Não perguntei, porque via todo mundo fazer isso. Até mesmo

Mamãe e Vovó, quando passavam pelos canais. "Uma tragédia distante, que não é minha", Mamãe costumava dizer.

Tudo bem, vamos fingir que é verdade. Mas e as pessoas que não fizeram nada quando estavam lá e assistiram à Mamãe e à Vovó serem atacadas naquele dia? Elas viram aquilo acontecer diante de seus olhos. Não podiam usar essa desculpa de que era uma "tragédia distante". Me lembrei de uma das testemunhas, um membro do coral, dando uma entrevista. Ele disse que o homem estava se debatendo em um transe, então ficara com medo demais para se aproximar.

As pessoas fingem não ver tragédias distantes dizendo que não há nada que possam fazer, mas também não intervêm em uma acontecendo por perto, porque ficam assustadas demais. A maioria consegue sentir, mas não agir. Dizem que se compadecem, mas logo esquecem. Do jeito que eu vejo, isso não é compaixão de verdade.

Eu não queria viver assim.

Um som estranho escapou do corpo de Gon. Um uivo profundo e intenso vindo do fundo do estômago. Parecia uma engrenagem velha e enferrujada voltando a se mexer, ou o choro de um animal selvagem. *Por que ele estava tentando tanto fazer aquilo em que nunca fora bom?* A palavra "patético" ficou na ponta da minha língua.

— É só isso que você tem? Tudo bem. Então, não se arrependa — disse Arame, os olhos fixos em Gon.

Ele apanhou alguma coisa ao lado de Gon. Era a faca que lhe dera mais cedo. Antes que qualquer um de nós pudesse fazer qualquer movimento, Arame levou-a até a garganta de Gon. Mas ele não teve chance de machucá-lo. Porque eu levei o golpe da faca. Porque minha vida acabou.

73

Enquanto eu empurrava Gon para o lado, a faca de Arame afundou no meu peito.

— Você é um demônio! — gritou Gon.

Arame puxou a faca. Líquido vermelho, a essência quente e pegajosa, escorreu depressa do meu corpo. Desmaiei logo em seguida.

Alguém sacudiu meus ombros. Gon me segurava em seus braços.

— Por favor, não morre. Faço qualquer coisa por você... qualquer coisa... — choramingou. Ele estava coberto de sangue.

Vi de relance Arame deitado de bruços no chão. Não sei por que disse isso naquele momento, mas sussurrei:

— Peça desculpas para todos que você machucou. De verdade. Até para a borboleta que você matou e os insetos em que pisou por acidente.

Eu havia ido lá para me desculpar com Gon e agora estava dizendo *a ele* para se desculpar. Mas ele assentiu.

— Eu vou, eu vou, eu vou mesmo. Então, por favor...

Gon me abraçou apertado enquanto me balançava para a frente e para trás. Então, não consegui mais ouvir sua voz. Meus olhos se fecharam lentamente. Meu corpo parecia letárgico, como se eu estivesse me deixando afundar em águas profundas. Eu estava voltando àquele lugar primordial onde havia vivido antes de nascer. Uma cena embaçada começou a entrar em foco, como se alguém estivesse transmitindo um filme na minha cabeça.

Era o dia em que tinha nevado pela última vez. Meu aniversário. Mamãe está esparramada no chão, o sangue encharcando a neve. Vejo Vovó. Seu rosto está tão feroz quanto o de uma besta selvagem. Ela grita do lado de fora da janela: "Vai, vai, sai do caminho!" Eu tinha aprendido que aquela frase costumava significar "eu te odeio". Como quando Dora gritara para Gon: "Mete o pé." Então por quê? Por que ela estava me dizendo para ir embora?

Esguichos de sangue. O sangue de Vovó. Tudo ficou vermelho diante dos meus olhos. Teria ela sentido dor como eu sentia agora? Teria, mesmo assim, ficado aliviada de que era ela quem sentia dor, e não eu?

Plop. Uma lágrima caiu em meu rosto. Era quente. Tão quente que queimava. Bem nessa hora, algo dentro do meu coração explodiu. Sentimentos estranhos me inundaram. Não, transbordaram. Uma barragem que havia existido em algum lugar dentro de meu corpo arrebentou. Uma onda repentina. Algo dentro de mim se libertou para sempre.

— Eu consigo sentir — sussurrei.

Se aquele sentimento era pesar, felicidade, solidão, dor, medo ou alegria, eu não sabia. Só sabia que sentia algo. Me sentia doente. Queria vomitar e me desvencilhar do que estava me deixando mal daquele jeito. Ainda assim, pensei que era uma experiência incrível. Me sentindo descontroladamente sonolento, aos poucos fechei os olhos. O rosto choroso de Gon sumiu.

Enfim, eu havia me tornado humano. E, assim que isso aconteceu, o mundo se esvaiu.

Inclusive, minha história acaba aqui.

74

O que vem a seguir é tipo um P.S. da minha história.

Minha alma saiu do corpo e olhou, de cima, para Gon, que me segurava em seus braços, chorando. A parte careca em sua cabeça tinha o formato de uma estrela. Percebi que eu nunca tinha rido daquilo antes. *Hahaha*, ri em voz alta. Essa é a última coisa de que me lembro.

Quando acordei, estava de volta à realidade. O que significa que eu estava no hospital. Cochilei ora sim, ora não, por horas. Levei muitos meses para me recuperar completamente e recomeçar a andar.

Durante o sono, tive o mesmo sonho recorrente. Nele, é um dia de esporte no pátio da escola. Gon e eu estamos debaixo do sol entre as nuvens de poeira. Está um forno. Um evento de corrida está acontecendo diante de nós. Gon dá um grande sorriso e desliza algo para a minha mão. Estico os dedos e encontro um tipo de bolinha de gude translúcida rolando na minha palma. Uma linha curvada e vermelha no meio lembra um sorriso. Conforme rolo a bolinha na mão, a linha vermelha fica mudando, alternando entre caras tristes e felizes. É uma bala sabor ameixa.

Eu a coloco na boca. É doce e azeda. Minha boca se enche d'água. Rolo a bala com a língua. Às vezes, ela se choca contra meus dentes. Minha língua formiga. Tem gosto salgado, ou metálico, ou amargo. No meio disso tudo, sobe um cheiro doce, bem doce, e eu continuo chupando, faminto.

Bang! O som da pistola de largada sacode o ar. Nós nos impulsionamos no chão e corremos em disparada. Não é uma corrida, é só correr. Tudo que precisamos fazer é simplesmente sentir nossos corpos partindo o ar.

Acordei e encontrei o Doutor Shim ao meu lado. Ele me contou o que aconteceu.

Naquele dia, assim que desmaiei, o Professor Yun chegou correndo ao local com a polícia. Teria sido bem mais legal se tivéssemos resolvido tudo por conta própria, mas, para os adultos, ainda éramos crianças. Dora tinha chamado a professora responsável, e alguns garotos explicaram a relação de Gon com Pão para a polícia, que então procurou por ele. Não foi muito difícil localizar Arame a partir dali.

Gon esfaqueara Arame. Mas Arame não se feriu fatalmente e se recuperou mais rápido do que eu, e estava aguardando julgamento.

As coisas que Arame fizera estavam além da imaginação, e é difícil listar tudo aqui. Mais tarde, ouvi que ele sorriu ao longo de todo o julgamento, mesmo enquanto recebia uma pena bem dura. Como será que era a mente dele — não, a mente humana? Eu torcia para que algum dia ele fosse capaz de usar uma expressão diferente no rosto.

O Doutor Shim disse que Gon esfaquear Arame poderia ser considerado autodefesa, e que Gon estava fazendo terapia, mas que ainda não estava pronto para me ver. O Professor Yun tirou licença da faculdade para mudar de vida e se dedicar a Gon, que ainda não falava com ele com frequência. Mas o Professor Yun disse que nunca desistiria.

O Doutor Shim contou que Dora havia me visitado várias vezes e me deu um cartão que ela trouxera. Eu o abri e vi uma foto em vez de algo escrito. Ela era assim: odiava letras. Na imagem, Dora estava correndo. Com as duas pernas no ar, parecia estar voando. Ela havia se transferido para uma escola que tinha um time de corrida e, assim que o fez, ficou em segundo lugar no distrito dela. Suponho que tenha reencontrado seu sonho, aquele que disse que havia desaparecido. *Dorai*, seus pais ainda deviam chamá-la, mas com um sorriso.

— Agora você tem expressões mais coloridas — disse-me o Doutor Shim.

Compartilhei com ele a coisa maravilhosa que havia acontecido naquela noite terrível. As mudanças estranhas pelas quais meu corpo e minha mente haviam passado.

— Vamos fazer uma ressonância magnética quando você estiver totalmente recuperado — falou o Doutor Shim. — Vamos refazer seus testes clínicos também. É hora de checar o quanto seu cérebro mudou. Para ser sincero, sempre duvidei de seu diagnóstico. Eu mesmo já fui médico, mas médicos gostam de colocar rótulos nos pacientes. Isso os ajuda a tratar sintomas anormais, e até pessoas anormais. É claro, rótulos costumam ser claros e úteis. Mas o cérebro humano é uma coisa bem estranha. E eu ainda acredito de verdade que o coração pode prevalecer sobre o cérebro. O que estou tentando dizer é que você pode ter crescido de um jeito um pouco diferente de como as outras pessoas crescem.

Ele sorriu.

— Crescer significa mudar?

— Provavelmente. Para melhor ou para pior — respondeu ele.

Lembrei brevemente os últimos meses com Gon e Dora. E torci para que Gon mudasse para melhor. Embora eu devesse primeiro pensar no que exatamente aquilo significava.

O Doutor Shim falou que tinha que ir a algum lugar, mas antes de sair da ala do hospital, ele hesitou e disse:

— Eu não costumo gostar de pessoas que estragam a surpresa quando dão presentes. Mas, às vezes, como agora, fico me coçando para lhe contar. Vou dar só uma dica: você vai se encontrar com alguém em breve. Espero que goste da surpresa.

Ele me entregou uma carta de Gon.

— Vou ler depois que você sair — falei.

Abri o envelope quando o Doutor Shim foi embora. Um pedaço branco de papel estava dobrado em um quadrado. Abri a carta devagar. Havia algumas letras grosseiras, escritas com cuidado.

Me desculpa.
E obrigado.
De verdade.

Encarei o ponto final depois do "De verdade" por um bom tempo, esperando que ele transformasse a vida de Gon. Será que nos encontraríamos de novo? Eu esperava que sim. De verdade.

75

A porta de correr se abriu. Era o Doutor Shim outra vez. Ele empurrava uma cadeira de rodas. A pessoa sentada nela me sorria abertamente. Um sorriso familiar. É claro que era: eu o conhecia desde que havia nascido.

— Mamãe.

Assim que eu disse aquela palavra, Mamãe começou a chorar. Ela afagou minhas bochechas e tocou meu cabelo, chorando o tempo todo. Eu não chorei. Não tinha certeza se era porque meu leque de emoções ainda não era *tão* vasto assim ou porque minha cabeça havia crescido demais para essa coisa de chorar-na-frente-da-Mamãe.

Limpei suas lágrimas e a abracei. Mas, estranhamente, ela chorou mais forte. Enquanto eu estava adormecido, ela havia milagrosamente acordado. Falei que ela tinha feito o que todo mundo pensava que era impossível. Mas Mamãe disse que não, *eu* quem havia feito o que todo mundo pensava que era impossível. Balancei a cabeça. Queria dizer mais e contar-lhe tudo que havia acontecido, mas por onde começaria? De repente, minhas bochechas arderam. Mamãe limpou algo delas. Lágrimas. Antes que me desse conta, lágrimas escorriam pelo meu rosto. Eu estava chorando, mas então estava sorrindo. Assim como Mamãe.

Epílogo

É minha décima oitava primavera. Me formei no ensino médio e me tornei o que se poderia chamar de adulto.

Uma música relaxante está tocando no ônibus. Os passageiros estão cochilando. A primavera passa pela janela. Flores estão desabrochando, sussurrando: *Primavera, primavera, eu sou a primavera.* Passo por aquelas flores para ver Gon. Não por algum motivo em particular ou porque tenho algo para falar com ele. Só porque sim. Só para passarmos tempo juntos. Estou indo encontrar meu bom amigo que todos costumavam chamar de monstro.

A partir de agora, esta é uma história completamente diferente. Nova e desconhecida.

* * *

Não sei como esta história vai se desenvolver. Como eu disse, nem você, nem eu, nem ninguém consegue saber de verdade se uma história é feliz ou triste. Talvez seja impossível categorizar uma história tão precisamente, para começo de conversa. A vida adquire vários sabores conforme acontece.

Eu decidi confrontá-la. Confrontar qualquer coisa que a vida jogue em cima de mim, como sempre fiz. E sentir tanto quanto eu puder. Nem mais nem menos.

Nota da autora

Quatro anos atrás, na primavera, eu dei à luz uma bebê. Há algumas histórias divertidas sobre isso, mas elas não são particularmente emocionantes, porque não tive dificuldade em parir. Tudo só parecia estranho e novo. Mas, após alguns dias, sempre que eu espiava a bebê se mexendo no berço, eu automaticamente lacrimejava. Mesmo agora, ainda não consigo explicar o porquê. Minhas lágrimas não podem ser explicadas por uma única emoção.

Era só que a bebê era tão pequena. Se caísse do berço baixo ou fosse deixada sozinha por algumas horas, ela não sobreviveria. Aquela criatura, que não conseguia fazer nada por conta própria, fora jogada neste mundo e estava se debatendo. Ainda não havia caído a ficha de que era minha filha, e, se algum dia eu a perdesse e a reencontrasse, não tinha certeza de que seria capaz de reconhecê-la. Aí me perguntei: *Eu seria capaz de dar a ela amor incondicional independentemente de como ela seja? Mesmo se ela crescer e se tornar alguém completamente diferente de minhas expectativas?* Essas perguntas me levaram a criar os dois personagens que instigaram outra questão: *Se eles fossem meus filhos, eu os amaria?* Foi assim que nasceram Yunjae e Gon.

Crianças nascem todos os dias. Todas merecem bênçãos e portas abertas. Mas algumas irão crescer e se tornar párias, outras irão governar e comandar, mas com mentes distorcidas. Algumas, embora bem poucas, vão fazer o melhor com o que receberam e vão inspirar os outros.

Eu sei que isto pode ser uma conclusão clichê a se chegar, mas passei a acreditar que o amor é o que faz de alguém um ser humano, assim como o que faz de alguém um monstro. É essa a história que quis contar.

Escrevi o primeiro rascunho de *Amêndoas* durante o mês de agosto de 2013, quando minha filha tinha quatro meses. Então revisei o rascunho profundamente por um mês no final de 2014 e mais outro mês no começo de 2016. Ao longo desses anos, a história dos dois meninos nunca deixou minha mente. Levou três anos para escrevê-la do começo ao fim.

Eu gostaria de agradecer aos meus pais e à minha família que, graças ao seu amor incondicional, me deram um presente na forma de um coração cheio, sem nenhuma falta. Uma vez pensei, e até fiquei envergonhada, que crescer em um ambiente tão amoroso me colocava em desvantagem quando o assunto era ser escritora. Conforme o tempo passou, meus pensamentos mudaram. Acabei percebendo que o amor e apoio incondicionais que recebi durante minha adolescência tranquila eram presentes raros e preciosos, que serviram como uma arma inestimável, uma arma que me deu a força de olhar para o mundo de diferentes ângulos, sem medo. Só percebi isso quando eu mesma me tornei mãe.

Quero agradecer aos jurados do Prêmio Changbi de Ficção Jovem Adulta, que escolheram meu trabalho. Me sinto especialmente honrada de ouvir que houve onze jurados adolescentes entre eles. Também agradeço ao meu primeiro leitor, H, que leu toda a minha escrita não publicada, e a acrescentou à sua lista de leitura como se fosse uma obra formal. Sem o encorajamento tranquilo de H durante minhas decepções, eu não teria sido capaz de continuar me desafiando.

E, por fim, obrigado aos editores do Departamento Jovem Adulto de Changbi, Jeong Soyoung e Kim Youngseon. Vocês foram meus primeiros amigos neste mundo novo e desconhecido. Me desculpem se dificultei o trabalho de vocês em algum momento. Foi uma honra ter trabalhado com ambos.

Não sou o tipo de pessoa ativamente envolvida com causas sociais. Só tento escavar histórias de dentro do meu coração através da escrita. Sinceramente espero que esta narrativa tenha encorajado as pessoas a se aproximarem dos feridos, especialmente as jovens mentes que ainda têm grande potencial. Sei que isso é algo enorme para se desejar, mas desejo mesmo assim. Crianças querem ser amadas e podem também demonstrar amor acima de qualquer outra pessoa. Todos nós fomos assim um dia. Eu escrevi na primeira página deste livro o nome da pessoa que amo acima de qualquer outra e que me deu ainda mais amor em troca.

Primavera de 2017
Won-pyung Sohn

Impressão e Acabamento:
BARTIRA GRÁFICA